博多のくらし

森　弘子

海鳥社

カバー・扉絵：西島伊三雄「万四郎さま夏祭り」

博多を離れて半世紀

昭和四十六（一九七一）年四月二十二日、その日、朝早くから花嫁衣装に着替えた私は、デタチの膳についた。座敷の一番高座、床の間を背に父・母・左右には姉夫妻・弟・祖母、そして末席に私の高脚膳が設《しつら》えられ、それぞれに別れの膳についた。赤飯、尾頭付きの鯛の塩焼き、紅白ナマス、煮染め、紅白餅の入ったお吸い物、目出度い料理が、黒漆塗りの椀や皿に映えていた。別れの杯を交わした後、赤飯をほんのひとくち口にしただけで仏壇の前に向かい、仏壇に線香を上げて手を合わせ、ご先祖様に暇乞《いとまご》い。

それから両親に向かって、「これまでお世話になりました。行ってまいります」と別れの挨拶をした。父親は、「これからは、お天満宮様のために尽くしなさい」と餞《はなむけ》の言葉をかけた。花婿は太宰府天満宮の神職。この結婚を信心深い父は大変喜んだ。

迎えの車に、仲人夫人西高辻典子様と並んで座る。博多区上洲崎町《かみすさきまち》の実家「石村萬盛堂」の前には従業員がずらりと並んで見送ってくれた。車が動き出すと同時に、背後で茶碗を割る音。私が毎日使っていた茶碗を地面に叩きつけて割ることで、「もうこの家に貴女が帰ってくる場所はないのだ」ということを知らせている。この茶碗を割る作法は死者の出棺の際にも行われた。覚悟を決める瞬間だ。そのときの私は、悲しい、淋しいというよりは、むしろ新しい生活に向かっての希望に満ちた覚悟であったと思う。

今も形の通り、すみ酒*や結納はあるのだろうが、私のころは、花嫁道具を座敷に飾り披露する「荷見せ」、本席に招待できない身近な人々に結納の品々を披露し簡単な会食をする「お茶見せ」などを通じて、段々に嫁に行く覚悟を固めていったものだ。「嫁に行く」という考えすら否定される昨今では、全く昔日の思いだ。

父がいう「お天満宮様」は文字どおり太宰府天満宮だけなのか。いやそうではあるまい。天満宮に仕える夫とつくる新しい家庭、そして天満宮がある太宰府全体をも指していると理解して、それ以後の私は、敢えて博多のことに関わらず、里帰りもほとんどなく、あれほどのぼせた祭り見物も稀となった。四人の子育てと、太宰府での仕事に忙殺されていたせいもあるが。

平成十二（二〇〇〇）年、私は福岡市文化財保護審議会委員に就任し、実に三十年ぶりに博多に関わることとなった。もちろん今の福岡市は昔の郡部までも合併し、かなり広い範囲。だから博多のことばかりを調査対象とするわけではないのだが、就任して早速次の年に、博多仁和加《にわか》の無形民俗文化財指定に携わった。なんだか複雑な気持ち。昔は、くらしの中に当たり前にあった仁和加が、文化財として「保護」しなければならないことになるなんて。それに、博多弁が……。やはりテレビやラジオの急速な普及や、よそからの人々の流入で、純粋な博多弁なんて誰も話せない。かくいう私もであるが、とにかく単語はまねできても、「訛《なま》りや微妙なニュアンスまでは」というところか。そういえば、母が女学校時代の友達と話すときは、ふつうに「がっしゃる言葉」だった。この言葉を話せる人を探し出し、話してもらおうなんてローカル番組を目にしたときは、ヒエーッそんなことになっているのかと驚愕した。福岡市内でも武士の町「福岡」の言葉で、随所に武家言葉の名残があった。そういえばこのごろあんまり耳にしないなとは思っていたが、その番組ではやっと早良区入部《いるべ》でお一人見つけたなんて言っていた。

平成十八年には「ふるさと文化再興事業」に関わるようになって、主に祭りの記録映像制作に携わった。海岸から山間部、町部まで広がる福岡市には多種多様な祭りがあるものと感心させられた。博多の千灯明、辻祈禱など、博多祇園山笠と同じ人々が担っているにもかかわらず、ほとんど知られていないご町内の行事にも参加することができた。ちょっとショックだったのは、お盆の楽しみだった「いけどうろう」が博多ではもうほとんどなく、箱崎では「人形飾り」として復活、盛大に行われていたことなど。

そして平成二十七年には、「博多松囃子」を国指定重要無形民俗文化財とするための調査報告書にも関わることとなった。この調査には、奈良屋小学校の同級生をはじめ、たくさんの博多の人々にお話を伺った。その心意気は昔と変わらないものの、都心部に於ける人の流出、新たに建てられるマンションもワンルームが多く、家族で住めるようなマンションでないため、祭りを継承していくべき子どもが極端に減少したことなど、口々に悩みや将来に対する危惧を語ってくれた。私たちが入学したころ、一クラス増やすほど子どもが急増していた奈良屋小学校も今はなく、博多部の御供所《ごくしょ》・冷泉《れいせん》・大浜の三小学校と合併して博多小学校になっている。でも、博多の人たちはそれに手をこまねいているわけではない。都市計画について福岡市当局に働きかけたり、様々な智恵を出しあっている。

かねて、海鳥社の杉本さんから「女性の視点で書いた博多本がほしい」と言われていた私。今は博多の住人ではないし、同級生のように直接何かを成すことができるわけでもない。せめて昔のくらしを思いだし、記録に留め、博多の人たちに活用してほしいものと思う。

とはいうものの、構想がなかなかまとまらず、それにどうしても優先しなければならない仕事もありで、それから七年も経ってしまった。この間、偶然にも「博多を語る会」にお誘いいただいたり、実家がらみでいろんな発見もあり、今と昔の往来《いきき》を楽しんでいる。

五十年前、心の中から追いやった博多が、今は生き生きと甦っているのだ。

＊　博多で結納以前に行われる男性側からの結婚の正式な申し入れと女性側の公式の承諾の儀式。男性側の使者が奉書熨斗《のし》をかけた酒一升、鯛一尾（一升一鯛＝一生一代）をもって女性の家に行く。花嫁候補者は、意思表示として「熨斗出し」の作法を行う。この間、鯛は刺身と鰭吸物

（ヒレズイモン）に調理される。使者が熨斗取りをすると、一升の酒の封が切られ、使者と両親の間で、三つ組みの木杯で冷酒が酌み交わされ、刺身・鰭吸物を共にいただいた後、使者は男性側に帰り報告、酒宴となる。女性の家でも親戚、ご近所が集まり、「すみ酒披露」の小宴をもち、婚約成立を祝った。

博多のくらし＊目次

うまかもん

博多のくらし

なつかしかぁ

西島伊三雄「チンチン電車」
（アトリエ童画提供）

原風景

日本人の原風景は？

という問いに対して、彼方の山々の前に広々と広がる田圃、たわわに実る稲穂。そんな風景を思いおこす人は多いことだろう。

しかし、私の原風景の中には青々とした色彩も黄金の波もなく、一面の灰褐色の世界が広がる。そんな中に、ポツンポツンと映える原色の赤や緑や青。

上洲崎町《かみすさきまち》の家の前は五〇メートル大通り。広い道の真ん中を米軍のジープが砂埃を巻き上げて走り抜ける。闊歩する米兵のジャンパーは赤や緑の原色、背中には金糸の虎やドラゴンが浮かびあがる。「男のくせにアゲナ色着て」「派手カー」。子どもたちは、遠慮なくはやし立てる。夕闇迫れば、道の向こうにあった米兵向けのバーに赤い灯青い灯が灯った。ネオンなんてはじめて見る私たちは興味津々目を見張るが、親たちは「暗うなったら、絶対道の向こうに行ったらいかん」と釘を刺す。

50メートル大通りを軍隊が行きすぎる前で。
女中さんに抱かれた弟と私

昭和二十（一九四五）年六月十九日夜明けどき、Ｂ29の大編隊は、福岡上空に至り、二時間にもわたって焼夷弾を雨のように投下した。そして私が通った奈良屋校区[1]は、真っ黒に塗られた三階建て鉄筋コンクリートの国民学校（小学校）の校舎を残して一面の焼野ヶ原となった。

洲崎町一帯は、空襲に先立ち強制疎開させられ、類焼を防ぐため店も工場も破却されていた。苦労して築き上げた店や工場、祖母は「なして、よりにもよって……」と、承服しがたく、嘆きに嘆いたという。おそらくそういう人もたくさんいただろう。疎開先で空襲の知らせを受けた祖母は「ご先祖様のお陰バイ」と何度も仏壇に手を合わせたという。

しかし、町内にいた人はほとんどの人が犠牲になった。ドブ川だった博多川にも何とか戦火を避けようと飛び込んだ人がたくさんいたという。隣の三嶋屋のおばちゃんは親戚の家に行っていて命拾いしたが、家族は全員空襲で亡くなった。「あのと

焼け跡の風景（落石栄吉『戦後博多復興史』より）

き、あんたのお父さんがいてくれたら」と、その夜、青年団の団長でありながら疎開地の家族のもとに行っていた父を度々責めた。それを聞くのは本当に辛かった。

私が生まれたのは、戦後、疎開先の筑紫郡筑紫村大字筑紫字筑紫（現・筑紫野市筑紫）。そのころ、父と叔父たちは、筑紫神社の近くの田中油屋さんに油を分けてもらい、筑紫で採れた芋で、ドウナッツを作って博多で商っていたという。焼け跡の大きな羽釜の中に入って遊んでいる少年の姿を写した有名な写真があるが、その酒造用の大釜に入って遊ぶ少年の向こうで「茶亭鶴乃子」が開店の準備をしている。昭和二十一年二月の写真という。

博多の復興は早く、大空襲から一年も経たない昭和二十一年五月、第一次博多復興祭として、子ども山笠と松囃子《まつばやし》が復活した。奈良屋校区住宅組合長(2)の落石栄吉さんの並々ならぬ想いと尽力による。奈良屋校区は博多の中心だっただけに、福岡市の中でも最も戦災の被害が酷かった。に

奈良屋小学校を舁き出す子ども山笠
（福岡市博物館所蔵　画像提供：福岡市博物館 / DNPartcom）

もかかわらず、復興の烽火《のろし》はここにあがったのだった。

奈良屋小学校の『創立百周年記念誌』のページをめくると、まさに校門を舁《か》き出す子ども山笠の写真が載っている。後ろの校舎の窓は破れたまま。法被《はっぴ》のない子もいる。それでも、みんなの顔は生き生きと輝いている。大声を出して指揮する台あがりの生徒の後ろには、豊太閤の姿が木枠を取り付けた紙に描かれ、「みんなの博多　みんなで復興」の札が掲げてある。戦国時代の戦乱から博多を復興させた豊臣秀吉に願いを込めたものでもあろうか。ちなみに奈良屋小学校のすぐ側には、豊臣秀吉を祀る豊国神社がある。

同じページには、子ども山笠の前にどんたく装束の人が立っているという珍しいショットもある。山笠やどんたく隊が通る道はきれいに均《なら》されている。道の両脇には建設中の復興住宅があり、足下には瓦礫が。とにかく、みんなで力を合わせ瓦礫を取り除くなどしたという。

どんたく隊の衣装も、疎開させていたものが七、八枚しかなく、紙で裃《かみしも》を作り、馬も紙のハリボテだった。三味線、鉦、太鼓は被災してないところからかき集めたという。とにかく、シャモジ一本でも不自由した時代だったが、ウキウキと知恵をしぼりあい、準備を進めたという。綱場《つなば》商店街の特設舞台では、次から次へと隠し芸や踊りが披露され、多くの観衆を集めて大盛況となった。

祭りは、復興に向かって人々の心を高揚させ、ひとつにまとめた。

昭和二十五年六月、大空襲から五年が経った。父は焼けた家の庭石を土台として、戦地で亡くなった人と大空襲で亡くなった上洲崎町の人々五十名を供養する「洲崎地蔵尊」を建立した。そのころには、我が家の復興も進み、上洲崎町の角、山笠の廻《まわ》り止《どめ》(3)の場所に工場を再建するまでになっていた。私たち子どもは、学校の行き帰りに、必ずお地蔵様に手を合わせ、花の水を替えるときには、「熱かったでしょう」と気持ちを込めて、お地蔵様にもたっぷり水をかけた。母は生きとした花を絶やさなかったし、三嶋屋のおばちゃんも、近所の人たちもよくお参りに来ていた。

博多リバレインの一角にあった十五銀行では地下室に逃げ込んだ六十九名全員が亡くなったと、

悲惨な有様を繰り返し聞かされて育ったが、その方々を供養する「じゅうご地蔵」も戦後十年を記念して、旧片土居町の人々によって建てられた。

この二つのお地蔵様は、現在、洲崎地蔵は馬出《まいだし》の宗玖寺《そうきゅうじ》へ、じゅうご地蔵は栄昌寺移転に伴い西区今宿へと移されたが、中対馬小路《なかつましょうじ》（現・古門戸町《こもんどまち》）の沖濱稲荷境内、下対馬小路（現・須崎町）黒田神社境内、下洲崎恵比寿神社境内など、まだまだ博多の町中で、戦災地蔵を拝することができる。

洲崎地蔵尊

奈良屋小学校に入学したころ、地下室は死体置き場だったから幽霊が出るとか、トイレの中から死んだ女が手を伸ばして子どもを引き込むとかの怪談が蔓延していて、地下室にもトイレにもこわごわ行ったものだ。本館のトイレは、戦前、小学校としてははじめて水洗トイレが採用されたとして、全国から視察があったというが、今のトイレとは違い、上のタンクについた鎖を引くと、ゴーッともの

奈良屋小学校の教室で

凄い音がして水が流れた。それさえも恐ろしかった。
入学して一年ほどして校歌ができた。

潮もかがやく　玄海の
雲を博多の北にみて
港はちかし　風かおる
学びの窓よ　この光
あゝわが奈良屋　あゝわが奈良屋
明るい明るい奈良屋小学校
（作詞・持田勝穂、作曲・森脇憲三）

軽快なリズムに乗った明るい歌。二番は「楽しい楽しい奈良屋小学校」、三番は「輝け輝け奈良屋小学校」。

私たちは、それまでの暗く恐ろしいイメージを吹き飛ばすかのように、大声で歌った。地下室に行くときも、トイレに行くときも、呪文のようにつぶやきながら歌った。

やがて、埃を巻き上げてジープが走り抜けた五〇メートル大通りは舗装され、昭和通りとなり、

海の中道でのBBQ。地面に穴を掘り炭を入れて、
棒の先に刺した野菜やソーセージを焼いて食べた

新しい建物が次々に建ち、街ではあまり米兵の姿を見なくなった。

中学校のころは、英会話習得のため、ベース（米軍基地）の米軍ハウスを度々訪れた。上がりかまちもなく靴をはいたまま上がることにも、牛乳をジョッキで飲むことにも驚いた。そういえばコーラの味をはじめて知ったのは、雁ノ巣のベースの人たちと海の中道でＢＢＱを楽しんだときだった。「世の中にこんな美味しい飲み物があるのだ！」と、それがコーラの第一印象だった。今思えば、ＢＢＱだって、そのときがはじめてだった。先日のテレビで武田鉄矢氏が、「はじめてコーラを飲んだのは、ベースで仕事をしていた母がもらってきたものだった」と言っていた。彼も同じような経験をしていたのだ。

戦闘機の前で米兵の説明を聞く

保育園に差し入れられる、ピンクやブルーの砂糖が片面に塗られ動物の形をしたビスケット、街で男の子たちが「ギブミー・チューインガム」とねだり、米兵からもらっていた、顔の大きさほどにもふくれる風船ガム。そんな一つひとつがなつかしい。

やはり博多は、古い昔から外国人とすぐに打ち解けて新しい文化を創る活力に溢れているのだ。米軍から取り入れた多くのことが、今や日本国中当たり前のことになっている。

最近、大野城市の大野城心のふるさと館で「白木原ベースサイドストーリー《SHIRAKIBARU BASE SIDESTORY》――街のなかのアメリカ文化、そしてPOP吉村伝説の誕生」という展覧会が開催され話題となった。

米兵たちに「ポップ（おじさん）」と親しまれた吉村秀雄氏。雑餉隈《ざっしょのくま》にバイクショップを構え、その技術の高さから後にオートバイの耐久レースで世界に名を馳せたヨシムラのバイクは目を奪うものだったが、二階の戦後間もないころの白木原の街なみや米軍ハウスの展示は、とてもなつかしかった。大野城市で「文化財として」詳細調査した成果と聞くと、やはり、戦後は遠くなりにけりなのだなあと、不思議な感慨に陥った。

(1) 現在の博多小学校の地に奈良屋小学校があった。
(2) 奈良屋校区の住宅再建を促進するため、昭和二十一年二月、落石栄吉が中心となって組織された。
(3) 決勝点、ゴール

麴屋番の店

戦災後の博多の街の復興は早かった。昭和二十（一九四五）年末には綱場町が早くも商店街として復興、翌二十一年には川端通《かわばたどおり》（川端町・下新川端町）、寿通《ことぶきどおり》が落成開店した。実家の店があった麴屋町《こうじやまち》は一年遅れて二十二年の三月二十六日に起工式を挙げ、その年の師走には竣工、三十五店舗が開店披露した。その中に「鶴乃子　石村萬盛堂」もあった。竣工に先立つ九月五日「従来『麴屋町』と称しておりましたが、各位の声援により昔なつかしい町名『麴屋番《こうじやばん》』と称する事に致しました」と町名改称を新聞発表した。(1)

麴屋番の「番」という町名は太閤町割(2)によるもの。井上精三氏の『福岡町名散歩』には、「古くは洲崎麴屋番といい、のち洲崎は省かれ明治七年から麴屋町となる」と書いてあり、明治二十二（一八八九）年の市制施行時の公認町名も「麴屋町」と言ったという。でも、小さいときから「麴屋番」としか言わなかったなと不審に思っていたが、そういうことだったのかと腑に落ちた。

店には商品を並べる陳列ケースのほかに、ちょっと休める腰掛けスペースがあって、鈴田照次《すずたてるじ》

戦後間もなく麹屋番にあった店（石村萬盛堂提供）

さんが染めた布で作った座布団が置いてあった。鈴田照次さんの息子さんは、木版摺更紗で現在人間国宝の鈴田滋人《しげと》さん。

実はこの木版摺更紗は、「鍋島更紗《なべしまさらさ》」として佐賀藩鍋島家の保護のもとで制作され、その製品は献上品として格式の高いものだったが、明治の廃藩置県で技術継承者が絶え、大正期には姿を消していた。照次さんは、残された『鍋島更紗秘伝書』や『見本帖』を手がかりにその復元に努め、昭和四十七年に鍋島更紗の技法に基づく「木版摺更紗」として発表されたのだ。

麹屋番の店にあったのは、まだ照次さんが復元に成功される前の作品だから、更紗ではなく、型絵染のものだった。店の暖簾《のれん》も照次さんの作品で、幼心に「素敵だな」と思ったものだった。年を経て、結婚相手の実家が、鈴田さんの家の隣と知り

甲斐巳八郎先生と

驚いた。何という御縁だろうか。

もう一人、満州から引き上げてこられた画家甲《か》斐《い》巳《み》八郎《はちろう》先生の絵に惚れ込んだ父は、店の装飾や菓子のパッケージに甲斐先生の作品を使い、私たち子どもは先生に絵を習うこととなった。甲斐巳八郎先生は、後に水墨画の新しい境地を開いたとして高く評価されたが、こんな高尚な先生に習うには、私たちはあまりに幼かった。

息子の大策さんは、アフガニスタンにしばしば往来し、アフガンとその周辺地域の風土や人々の絵をたくさん描き、小説も書いて中上健次らに絶賛された。映画にも出演、コム・デ・ギャルソンのモデルもするなど、多方面に活躍された。背が高くて、野性的でかっこいい、このお兄さんに宗像の海に魚突きに連れて行ってもらったり、巳八郎先生に山登りに連れて行ってもらったことの方が思い出として蘇る。

照次先生、巳八郎先生ともにまだ若く、世間にはそれほど評価されておられない時期に、父は才能を見いだし、応援していたのだ。祖父は福岡藩御用絵師の子孫衣笠探幽《きぬがさたんゆう》に、父は加納《かのう》雨《う》篷《ほう》に絵を習っていたという。菓子屋にとって、絵心は大事だということだ。

祖父は、そのころは古小烏《ふるこがらす》（現・福岡市中央区警固三丁目）の家に隠居して庭いじりを趣味としていたが、鶴乃子の箱は自分で作ると、あの自分で考案した丸い箱をせっせと作っていた。時折、麹屋番の店に来て、孫たちに飴細工の菓子を作ってみせることもあった。叔父の家も、母の実家もすぐ近所にあったので、従兄弟たちがワイワイとおじいちゃんの周りに集まる。おじいちゃんの手からは、魔法のようにきれいなお花や野菜が作られていく。白い飴をプーッと膨らませたかと思うと、それがたちまち大根に。店は歓声で包まれた。

古小烏にあったものの多くは、祖母の跡を継いで茶道の先生になった叔母に引き継がれた。最近、その家も解くことになって、屏風の引き取り手を探していた従姉妹から声がかかった。最近は「需要がない」といって骨董屋も引き取ってくれない。何とかならないかというので、その屏風を見せてもらったところ、萱島秀山《かやしましゅうざん》・秀峰《しゅうほう》親子の花鳥図に吉嗣鼓山《よしつぐこざん》が賛をした合作と、吉嗣鼓山の歳寒三友《さいかんのさんゆう》、つまり松竹梅の力作だ。制作年は昭和八年。父が結婚した年だ。花鳥図は鴛鴦《おしどり》、松竹梅もおめでたい図柄。父の結婚式の折りに仕立てたものだ!!

現在太宰府市では、吉嗣三代(3)と萱島四代(4)の太宰府の絵師について調査中だが、彼らの活動を知る上でも貴重な資料だ。もちろん絵は見ていただいた美術専門の学芸員が「鼓山がこんなに上手だったとは」と驚くほどの力作。即刻、我が家に引き取ったのは言うまでもない。

父の結婚式の折りに仕立てた屏風

また最近、西日本シティ銀行のロビーで美術表装家の熱海文俊さんが奥村利助さんをリスペクトする「表具で語る福博物語展」を開催された。西日本相互銀行は、今は西日本シティ銀行となり、博多座の地下に入っている。かつて博多座の場所には寿通があった。そこに、『筑前名所図会』の作者奥村《おくむら》玉蘭《ぎょくらん》(5)を出した大店《おおだな》「烟草屋《たばこや》」の総本家十三代利助さんが、戦後間もなく「掛け軸のおくむら」という店を創業された。私はよく店先をちょろちょろしては掛け軸を見上げていた。そんな子どもたちを、着流し姿の利助さんは、いつもニコニコと見ておられた。熱海さんが言われるには、「こんな荒廃しているときだからこそ美術が必要」との想いから、こうした店を営んでおられたという。

奈良屋小学校のクラスメイト

本当に、博多の旦那衆は目利き揃いで、何気ない日常の中にも文化が溢れている。町なかの店からも文化が発信される。そんな奥深さがあったなと、つくづくなつかしく思うのである。

冒頭に述べた所謂「博多五町」の戦後の賑わいは、それなりにあった。奈良屋小学校のクラスメイトの中には、下新川端や寿通、綱場町の商店の子も多かった。店は繁盛していたと見えて、みんな裕福な格好をしていた。私立中学校を受験をした友達も相当いて、入試の前には一教室に集められ、面接の練習などの特別授業があった。

小学校高学年になると新天町に支店を出すのだという友達が増えてきた。やがて新天町の方が賑やかになり、博多五町は、冷泉《れいせん》校区

鏡天満宮

の上川端は別として、電車通り（明治通り）より浜側は淋しい通りとなっていった。この地域は、二十世紀の末には博多リバレインへと衣替えした。麹屋番の角にあった、なつかしの店は郵便局になった。生け花を習いに行っていた高木生花店、仁伊島そば屋など何軒か昔からの店もあるが、あのアーケード街の面影など、もうどこにもない。電車通りに面した高木生花店の二階でお花の稽古中、市役所（?）の自動車が今上陛下の御誕生を大音量で告げまわった。「美智子様が！」と胸はずませたのも、昨日のことのように思えるのに。

博多川の畔、渡唐口《ととうぐち》に鏡天満宮《かがみてんまんぐう》を見つけたときには嬉しかった。私の記憶では川端通商店街の通りの奥にひっそりとあるような小さな祠だったが、新築なった社殿が、モダンなビルとマッチしてとても素敵。〝鏡天満宮〟の文字は、仲人もしてくださり、私たちの人生の師でもある太宰府天満宮西高辻信貞宮司。通る人ごとに手を合わせている光景を見ると、本当に嬉しくなる。

（1）落石栄吉『戦後博多復興史』昭和四十二年、戦後博多復興史刊行会。

（2）戦国時代の戦乱からの博多の復興は、豊臣秀吉が行ったとされる。博多川と石堂川を東西の限りとし、矢倉門の窪地を南、大浜を北の限りとしたおよそ十町四方の地に、四水四応、四神相応、七条袈裟に擬《なぞら》える七七、四十九願を表し、博多を一山の七堂伽藍にたとえたものという。天正十五（一五八七）年、六尺五寸四分の間杖《けんじょう》（ものさし）をもって、一の小路（市小路）を測量基点として行われた。町割は以下の通りで、博多祇園山笠や博多松囃子を行う「流」も太閤町割による。

七小路＝一小路・中小路・金屋小路・奥小路・古小路・浜小路・対馬小路

七厨子＝奥堂厨子・普賢堂厨子・瓦堂厨子・萱堂厨子・脇堂厨子・観音堂厨子・文殊堂厨子

七　番＝麹屋番・竹若番・箔屋番・蔵本番・奈良屋番・釜屋番・倉所番

七　口＝浜口・象口・龍口・川口・堀口・蓮池口・渡唐口

七観音＝大乗寺・妙音寺・観音寺・龍宮寺・聖福寺・乳峰寺・東長寺に在り

七　堂＝石堂・辻堂・奥堂・普賢堂・瓦堂・萱堂・脇堂

七　流＝呉服町流・東町流・西町流・土居流・須崎流（大黒流）・石堂流（恵比寿流）・魚町流（福神流）

（3）吉嗣梅仙、拝山、鼓山は、三代にわたって活躍した太宰府の絵師。梅仙は幕末から明治にかけて筑前地区の神社に多くの絵馬を残すなどした。豪放磊落な芸術家肌の人。その子拝山は十九歳のとき、日田の広瀬淡窓の咸宜園《かんぎえん》に入塾し、明治維新で政府の役人となったが、明治四（一八七一）年、太政官記録編輯局に勤めていたとき、大風雨で倒壊した家屋の下敷きになり、右腕を失った。その腕の骨で筆を作らせ、左手で書画の修行をし、文人画家として独自の境地を開いた。書画に活躍するばかりでなく、国立博物館の誘致運動など、太宰府のオピニオンリーダーでもあった。住居の「古香書屋」は咸宜園でいただいた名称。画業は長男鼓山に引き継がれた。太宰府天満宮の社務所裏にある古香庵（現在HOTEL CULTIA DAZAIFU）は吉嗣家旧宅。

（4）萱島鶴栖《かくせい》、秀山、秀岳・秀峰兄弟、秀渓と幕末から現代に至るまで四代にわたって絵師を輩出してきた。画風は四条派の影響が強い南画。幕末、都落ちした尊王攘夷派の五卿とも交わり、彼らとの合作もある。秀峰は幼いときに病により聴覚を失ったが、若いときから南画の世界で注目され、花鳥図などに優品を残した画家で、数度の御前揮毫を行っている。また太宰府の伝統行事、発掘品等の詳細解説図も残しており貴重である。四代目秀渓は、博多松囃子の大黒流の傘鉾の絵を二十七年間にわたり描くなど活躍した。

（5）奥村玉蘭は中島町の醬油醸造元「烟草屋」の三代目。奥村家は黒田長政のころから東南アジア方面に雄飛し、ことにタバコの輸入販売に関わり巨万の富を築き、「烟草屋」を屋号とした。鎖国後の寛文元（一六六一）年、醬油醸造業を始めたが、一族には福岡藩へ相当の財政援助を行い、苗字帯刀を許された者、筆頭家老黒田播磨の養女を後妻に迎え永代年行司に任命された者もいた。玉蘭は、幼いころから読書好きであったが、長じて徂徠古学派の儒医亀井南冥《かめいなんめい》・昭陽《しょうよう》の門に入り、同門の福岡藩士二川相近《ふたがわすけちか》、博多聖福寺の住持であり洒脱な絵で今日に名高い仙厓義梵《せんがいぎぼん》、商人であり社会事業家であり、漢詩人頼山陽《らいさんよう》など来博文人墨客の地方パトロンでもあった下店屋町《しもてんやまち》の松永子登《まつながしと》、画家の石丸春牛《いしまるしゅんぎゅう》など、当時の博多一流の文化人と親しく交わった。自宅の茶室はこれらの人々のサロンでもあった。

日々のくらし

高度経済成長期に入る前、昭和三十年代までは、博多の商家にもまだまだ昔の生活様式が遺っていた。我が家にも数人の女中さんがいて、住み込みで働いていた。彼女らは壱岐や筑後などから、代々口コミでやってくる人たちで、職人や店員、石村家の家族まで含めた大家族の食事の準備や掃除、洗濯などに従事し、家事の修得と行儀見習いに日々をすごしていた。

まさに我が子のようなもので、ごりょんさんである母は彼女らを厳しく仕込んだ。適齢期になると、嫁入り先を世話する場合もあり、箪笥など嫁入り道具を調えてやっていた。女中さんの中には商家のごりょんさんとなり、石村家とのつきあいが一生続いたという人もある。

彼女らは、毎日五時には起きて、住み込みの職人や私たちの朝食の準備をしてくれる。通いの従業員が、早い人で七時半には出勤してくるし、私たちも学校があるので、それまでに朝食を済ませなければならない。私たち子どもは、冬休みや夏休み期間中でも、通いの人が出勤してくるときまで寝ているなんて許されなかった。

朝食の前に、母は神棚の榊、仏壇の花の水を替え、塩、水、ご飯を供えた。私たちは、顔を洗うとまず、神棚と仏壇に手を合わせた。そして正座のまま、両親に「おはようございます」と手をついた。

ご飯は麦ご飯で、前の日にといで、クドに掛けた羽釜で炊いた。麦ご飯とはいえ、羽釜で大量に炊くので美味しかった。おかずは、味噌汁に漬物。そして欠かせないのはオキュウトである。ご飯のおかわりをするときには、なぜか必ず一口残して、二杯目をよそった。食べ終わると、茶碗にお茶を入れ、タクアンで茶碗についた米粒をきれいに流しながら食べた。一粒でもご飯を無駄にしないということと、水道をひねれば蛇口からジャンジャン水が、という時代ではないころは、茶碗を洗う水を少しでも節約しなければならなかったことの名残なのだろう。

そういえば、終戦直後、現在の昭和通りの歩道になっている所に手押しポンプの井戸があり、その前に住んでいた母の実家は、そのポンプから水を汲み、台所の水槽にため、それを洗い物などに使っていた。我が家は工場なのでいち早く水道を引いていたのだが。

一日と十五日は、小豆《あずき》ご飯と紅白ナマスだった。前日に小豆を茹で、といだお米に小豆と小豆の茹で汁を良い色になる程度に入れ、水を入れて水加減をする。このときに塩をひとつまみ入れることを忘れてはいけない。これで翌朝炊くと美味しい小豆ご飯となる。紅白ナマスは大根と人参の千切りを三杯酢で和えたもので、千切りにして塩をした後、しんなりしたら力を入れてよく揉み、かたくしぼるのがポイントと教わった。こうすると長時間おいても水っぽくならない。皿に盛るときは一盛りにしない。必ず二山に盛り付ける。一般に言う「赤飯」は、もち米を蒸したおこわなので、作るのに手間がいる。毎月二回も、さすがにこれは大変。博多の商家の赤飯は、多くがうるち米に小豆の入った小豆ご飯なのである。

もちろん神棚には一番にお供えするが、博多の商家では、尾頭付きの鯛も供えるという家もある。一日・十五日は神様の日で、朝食が済むと父は必ずお櫛田さま*（櫛田神社）にお詣りした。

朝は家族揃って朝食をいただいたが、昼、夜は、職人さん、店員さんたちと一緒だ。みんな仕事の合間に食べられるときに食べるので、私たちもそうしていた。もちろん食べるものは同じもの。大勢の賄いなので、贅沢なものは口に入らない。当時は牛肉なんて一般でもそれほど食べていないし、食卓に上がることはほとんどない。青魚が安かったから、鯖《サバ》や鯵《アジ》や鰯《イワシ》の繰り返し。調理法やソースを工夫したり、手替え、味変え母が献立を作っていた。しかし、台所に立つ母の姿は見たことがない。女中頭さんの指揮の下、作るのだ。味見が必要なときは母が見るが、ごりょんさんである母は、商売に忙しい。

高校生になると、夏休みには、私も台所の手伝いを命じられた。何十人分も作るのである。おかげで包丁捌きだけは相当うまくなった。「特別扱いはするな、悪いときは叱って」と母は女中さんたちにも常々言っていたから、料理の仕込み方も先輩が後輩に教え込むのと一緒だった。

洗濯は、まだ洗濯機が普及していない時代でもあり、大きなものは女中さんがしてくれるかクリーニングに出すが、下着だけは、毎日お風呂に入ったとき、自分で洗わなければならなかった。

信心深い両親は、毎日、朝夕仏壇に向かいお経をあげていた。私たちも朝だけでなく、学校に

博多駅に見送りに来てくれたクラスメイト

行くときは「行ってきます」、帰ってくれば「ただいま帰りました」、寝る前には「お休みなさいませ」と何度もご先祖様に挨拶した。一度も「勉強しなさい」と言われたことはないが、とにかくしつけは厳しかった。ささやかな楽しみは、受験勉強時代に夜食にとってくれるラーメンだった。家の前に屋台のラーメン屋さんが毎晩来ていて、それがとても美味しかったのだ。親戚の博多織屋では、子どもたちにうどんを食べさせるとき、「外に音の漏れンごとそっと食べらな（外に音が漏れないように、そっと食べなくてはいけないよ）」と言われていたという。つまり、従業員とは違う特別のことは憚《はばか》られたのだ。

大学生活を送るために実家を出て京都に向かう汽車に乗ったときは、心底ホッとした。厳しい母親、周りの人た

ちにいつも気を遣わなければならないくらしは、子ども心にも、やはり重いものだった。京の四季を楽しみ、コンパですき焼きの牛肉をたらふく食べ、祇園や河原町で遊び呆け、門限ギリギリに坂道を駆け上がって寮の門をくぐり抜ける。あの四年間は夢のようだった。

まだ「女の子は高卒か短大でいい」と言われていた時代、京都の四年制大学に行くことを強力に勧めてくれたのは母だった。「あんたが京都におったら、京都に遊びに行く口実ができろうが」だと。やはり母も時には息抜きがしたかったのかな。

でも、今や多くの女子が四年制大学に行く時代。短大の経営は厳しいともいう。もし私が京都の大学に行っていなければ、今の仕事はできていない。母の先見性を有り難く思うのである。

＊　福岡市博多区の市街地の中、川端商店街と土居通りの間に鎮座する。祭神は正殿に大幡主《おおはたぬしの》神《かみ》（櫛田大神）、左殿に天照大神《あまてらすおおみかみ》、右殿に素戔嗚命《すさのおのみこと》（祇園大神）。社伝によると天平宝字元（七五七）年、伊勢松坂にあった櫛田神社を勧請したことに始まるとされ、右殿の祇園社は天慶四（九四一）年、藤原純友の乱平定に鎮西に下向した小野好古《おののよしふる》が京都の祇園社を勧請したものという。博多祇園山笠は、中世以来この祇園社に奉納される祇園会として執り行われてきた祭礼。

鎌倉時代の史料に肥前国神埼庄鎮守・櫛田宮を当社の「本宮」とする記述があり、平安時代末期、神埼庄を所領とし、日宋貿易にも関与した平家が神埼より博多に勧請したとの説も有力である。

博多の人々に「お櫛田さま」と親しみを込めて呼ばれ、博多総鎮守として博多の人々の信仰を受け続けてきた。

那珂川に想う

小春日和のある日、旧福岡県公会堂貴賓館のある公園を歩いていると、「もうすぐ船が出ますよー。三十分のクルーズいかがですかー」という呼び声。

いつも橋の上から、「へえー、那珂川《なかがわ》にも隅田川みたいな遊覧船があるんだ。どこまで行くのかな」なんて思って見ていた私。その日は、たまたま時間に余裕があったので、つい呼び声に引かれて水上バスに飛び乗った。船には数人の先客とガイドのお兄さんが乗っていて、福博であい橋をくぐり、キャナルシティ博多の側まで行って、とって返し、博多湾までというコース。

お兄さんは、左右の建物を紹介したり、演奏しながら歌も歌ったりしてくれて、三十分があっという間。爽やかな風に吹かれながら、楽しいボートの旅だった。しかし、左右に展開する福岡・博多の町並みは、昔とは相当異なり、なつかしいという気分ではない。全く一人の観光客だ。

那珂川一番の私の思い出、あの鉄橋はどうなったのだろう。

小学校のころ、男の子たちとよく自転車を飛ばして那珂川の河口に行った。河口には貨物列車の通る鉄橋があって、その鉄橋を渡るのがスリル満点の遊びだった。ある日、渡っている最中に汽車が来た。みんなで慌てて避難場所に行く。鉄橋の途中には、出っ張りが何カ所か作ってあって、ここが避難場所なのだが、ガッタンガッタンと轟音を立てて列車が通り過ぎるまでの時間の長かったこと。何メートルも下は水。落ちたらひとたまりもない。身のすくむ想いでジッと通り過ぎるのを待つばかり。それ以来鉄橋を渡る遊びは止めた。おかげで、吊り橋も渡れない人になってしまった。でも、博多湾の空も海も真っ赤に染める夕日の中に、黒いシルエットをくっきり浮かばせるあの鉄橋は、やはり慕わしいものとして瞼に甦る。

お兄さんのガイドには歴史の話はなかった。この那珂川が武士の町「福岡」と商人の町「博多」を分ける大事な川だったということも。

最近は、「フクオカ○○」という言い方をよく耳にするようになって、「ハカタ○○」と言う場合が、段々少なくなってきた気がする。

「福岡」は黒田長政が筑前入国し、博多の西の福崎の地を「福岡」と改め、武家や職人の住む場所として整備したことに始まる。福岡は、黒田氏の出身地「備前福岡」によっており、史料にはじめて見えるのは、慶長七（一六〇二）年、黒田如水・長政親子が太宰府天満宮で催した連歌会《れんがえ》の懐紙《かいし》。如水が夢で感得したという「松梅や末ながかれと緑立つ山よりつづく里は福岡」という句で始まる「夢想之連歌《むそうのれんが》」である。だから、たかだか四〇〇年ちょっと、しかも本家本元は他所にある地名なのだ。

それにひきかえ「博多」は、『続日本紀』天平宝字三（七五九）年三月二十四日条に「博多大津」と見えている。内容は、大宰府が国防上の不安を中央政府に申言しているものである。また同書天平宝字八年条には、「大宰博多津《だざいはかたつ》」に新羅《しらぎ》の使い金才伯など九十一人が到着したことが記されている。一二〇〇年以上も前から、博多は外交や国防上の要衝として登場するのだ。

中世の大商人の活躍を言うまでもなく、「海に開かれたアジアの拠点都市」は、まさに「博多」なのである。

ちなみに「博多」の語源は、「唐土に渡ろうとして飛騨内匠《ひだのたくみ》が作った鳶《とび》の片羽が落ちた所」だとか、「地形が羽を伸ばしたような羽形をしている」とか、「泊潟《はかた》が博多となった」とか、「博は土地の広博、多は人の衆多を意味している」など諸説あるが、やはり後の二つのどちらかなのだろう。

江戸期、博多と福岡は那珂川を境に厳格に分けられていたが、明治九（一八七六）年、両地域は「第一大区」として統合され、同十一年には「福岡区」となり、二十二年に市制が施行されたとき、安場保和《やすばやすかず》知事の裁定でそのまま「福岡市」になった。もちろん博多の人々はこれには納得できない。翌年、市会で市名を「博多市」に変更する建議がなされたが、可否は同数。議長権限で廃案となった。その代わりといってはなんだが、駅名は「博多駅」として「博多」の名前は残したとか。

中洲は、今では九州一の歓楽街。終戦直後、私が小さいころ、すでに飲み屋や映画館が建ち並び、川面に映える赤や青のネオンサインは目を奪っていた。しかしここは元来、文字どおりの「中洲」で「中島」とも言われる葦原の湿地帯だった。

中洲を形成する那珂川の支流「博多川」にかかる水車橋のたもとには飢人地蔵《うえにんじぞう》がおられ、今でも八月二十三・二十四日は、対岸の上川端町の人で組織する「上川端地蔵組合」の人々によって施餓鬼会《せがきえ》が続けられている。この日は夜ともなると、橋の上や川岸に濃いピンクの可愛らしい提灯が灯され、川に向かっていくつもいくつも差し出される花火が、とてもきれいだ。現在は灯籠流しなども行われ、一層の情緒を醸している。

飢人地蔵

この施餓鬼会の賑わいや街の様子は、なぜここに飢人地蔵があるかを忘れさせるが、もともとここは博多の周縁にある死者を葬る場所でもあったのだ。享保の大飢饉

（一七三二年）では、博多でも大勢の人が餓死した。そうした人は中洲に葬られ、そこに供養のためのお地蔵様が祀られたのだ。戦前までのこの辺りは、畑の中にポツンとお地蔵様がいらっしゃるという景観だったと聞く。中洲の両側に東中島橋と西中島橋をかけ、中島町をつくったのは黒田長政で、長政は、旧領地中津から移り住んだ商人たちの居住地とした。現在の昭和通りの左右付近には、「烟草屋《たばこ》」奥村家の営む醤油醸造元など大店《おおだな》が軒を連ねた。しかし町家が連なる浜（北）側に比して丘（南）側の開発は遅れた。

西中島橋付近にはよくスケッチに行った。日本生命の赤煉瓦の建物はエキゾティックで、スケッチの対象としては最高だった。辰野金吾が手がけたこの建物は、国の重要文化財に指定され、現在は福岡市赤煉瓦文化館として、福岡市の文化の発信地となっている。

江戸時代、この辺りの護岸には石垣が築かれ、入口に枡形門が置かれ、番所を置いて福岡城下への出入りを厳しくチェックした。博多祇園山笠も、那珂川を越えることはなかった。しかし昭和三十七（一九六二）年、集団山見せが企画され、大激論の末、山笠ははじめて那珂川を渡ることになった。

家のすぐ近くを流れる博多川は、私にとっては那珂川本流より近しいものだった。しかしドブ川で、干潮のときはドロドロの黒い泥が見え、その匂いは我が家の辺りまで漂っていた。そして川岸にはバラックの家が立ち並んでいた。それらは川にせり出して、落ちるのではないかと思われるほどだった。雛祭りのころ、川岸に一本だけあった桃の木に花が咲き、それがダークグレーの川面に映えていた光景は、まさに「泥中の白蓮」の風情だった。毎年、従姉妹と行っては、一人が川岸で手をつかみ、一人がもう一方の手を精一杯伸ばして手折り、その一枝をお雛様に供えたものだ。

結婚してしばらくは、博多を訪れることもあまりなかった。

ある日、博多大橋の上を歩いた。もちろんもう白い着物を着て、橋の上で物乞いしていた傷痍軍人の姿はない。ふと川面に目を落とすと、ナント小魚が泳いでいるのが見えるではないか。

「えーっ!! いつ、なぜ、こんなにきれいになったの?」

そしてそのうち、川岸に遊歩道が造られ、まるでセーヌ川のようになった。あのころのドブ川と同じ川とはとても思えない。川を汚すのも浄化させることができるのも、人間なのだ。博多座歌舞伎公演の折に、船乗り込みがされるのも定番となった。

博多の人の様々な想いを呑み込んで流れ続ける川が、段々楽しい川になってくることは嬉しいことだ。

海風に吹かれて

家のすぐ前には昭和バスのバス停があった。

父はちょっと時間ができると、私を誘ってバスに乗った。現在昭和バスは、天神から都市高速に乗り一気に前原《まえばる》インターまで行ってしまうようだが、もちろん当時は都市高速などなく、昭和通りを西へ西へと一直線に進んだ。姪浜《めいのはま》を過ぎると段々景色が変わり、田圃が拡がり、やがて海が見えてくる。

生《いき》の松原《まつばら》でバスを降り、松原の中を歩いて海岸へ出る。そして白い砂の上に二人で座ってしばらく時を過ごすのだ。

白砂青松。目の前には青い海がどこまでも拡がり、絶え間なく白い波が打ち寄せる。黙って座っていても良い気持ちなのに、父が決まって歌い出す。

ああ、またか！

しかも、私に教えようとするのだが、はじめに難しい歌からマスターすればどんな歌でも歌えると、「正調博多節」や「江差追分」を一小節ずつ歌ってみせては歌わせる。「もうムリ。イヤダ！」子どもの私にできるわけがない。とうとうマスターしないで終わったか、忘れてしまったのか。そのあたりは、今となっては定かではない。

民謡が得意な父は、西鉄のバスガイドさんにも教えに行っていたし、レコードも出していて、店には民謡歌手が出入りしていた。令和四（二〇二二）年に亡くなった斉藤京子さんも何度か来たことがあり、死亡のニュースに、忘れていた幼いころが一気に甦った。

「かあさんにおごられるケン」と、母に内緒で、偽名で出演した民謡の九州大会で優勝し、東京に行かなければならなくなったとき、バレたら大ごとになるとばかり、東京大会を辞退したという。田中〇〇の名で出ていたラジオの歌声には、子ども心に惚れ惚れしたのに……。

十数年前、親友の絵本作家長野ヒデ子さんが、「矢部《やべ》村の杣《そま》のふるさと文化館にお父さんのお手紙があるわよ」と教えてくれた。当時長野さんは、矢部村（現・福岡県八女市矢部村）が主催していた「世界愛樹祭」の子ども絵画コンクールの審査員をしていて、毎年矢部村を訪れていた。

手紙は、「八女の茶山唄」の名人栗原晨護《くりはらしんご》氏に宛てたもので、そのなかに「小生浅学の身、がらにもないと思いますが、当地皆様方と手を取り民謡協会を結成。各地の民謡を研究しておるものですが、何の実力もありません。ただ、国敗れて山川あり山川麗わしうして民謡ありと独り信じ独り楽しんでおるのみで……」という一文があった。

「博多ンモンやけん芸事が好きなのぼせモン」と思っていた父が、こんな想いで……と思うと、目頭が熱くあつくなった。そしてふと三条実美《さんじょうさねとみ》の歌が頭をよぎった。

　めぐりきて　旅路に見るぞ　なつかしき　かへらぬ父が　水くきのあと

太宰府の医師陶山一貫《すやまいっかん》邸で、父三条実萬《さねつむ》が一貫に与えた「赤心報國」の書を見たときの実美の詠である。

文化館には昭和三十九（一九六四）年十一月七・八日、比谷公会堂での民謡旗戦出演のときのものとして、栗原晨護さんと尺八の三宅翠風さん、そして父が写った写真も展示してあった。このころには、母の許しも得て、堂々と上京していたのだろうか。

博多の民謡くらいちゃんとマスターしていればよかった。今や博多那能津会《なのつかい》や博多古謡保存会などごくわずかな人々が伝承の努力をされてはいるが、ちゃんとマスターしようとしなかった自分が親にも博多にも申し訳ない気持ちでいっぱい、残念でならない。

民謡に飽きてくると、父は今度は歴史の話を始めた。いろいろ聞いたのだろうが、繰り返し聞かされたのは、神屋宗湛《かみやそうたん》、島井宗室《しまいそうしつ》*など、海外に雄飛した博多商人の話。私の通った奈良屋小学校は神屋宗湛の屋敷跡にあった。そんなこともあってか、校歌の二番には「しのべ歴史を宗湛の徳を博多のかがみとし……」というフレーズがあり、校舎の正面玄関には神屋宗湛の博多人形が

民謡民舞全国大会(櫛のふるさと文化館蔵)

飾ってあった。また、小学校の横には豊臣秀吉を祀る豊国神社があり、ここが戦後復興の出発点となった。

豊臣秀吉は、戦国時代の戦乱に焼けた博多を復興させた人として、博多では大恩人とされ、山笠の標題にもよく登場する。宗湛は秀吉の「太閤町割り」と呼ばれる博多復興事業で大きな役割を果たし、九州平定や朝鮮出兵にも資金面などで大きな役割を果たした。

海外につながる海辺は、博多町人の活躍の歴史の話を聞くには、最高のシチュエーションだ。おまけに、当時「風雲黒潮丸」という子ども向けラジオ番組が人気を博していて、そのテーマソングに、遥かな海外への夢を膨らませた。

黒潮騒ぐ海越えて
風にはためく三角帆
目指すは遠い夢の国
ルソン、安南、カンボジア
はるかオランダ、イスパニア

面舵いっぱい　オオオ、オオオ、オッオー　（作詞・小沢不二夫、作曲・平岡照章）

父が話してくれる歴史の話もそうだった。海外へつながる壮大な博多の歴史に、胸躍らせたものだった。

民謡は全くものにならなかったが、歴史の方はどうやら今の私の活動につながっているようだ。

＊　神屋宗湛・島井宗室・大賀宗九は「博多三傑」と称される。大賀宗九は時代的に少し遅れるが、宗湛・宗室は天正十（一五八二）年、ともに近江安土城に於いて織田信長に謁見し、信長の保護を得て島津氏に対抗、豪商としての地位を極めた。両人ともに再び信長に謁見した本能寺で本能寺の変に巻き込まれるが、脱出する際、宗湛は牧谿《もっけい》作「遠浦《えんぽ》帰《き》帆図《はんず》」（現・重要文化財）を、宗室は空海直筆の「千字文」を持ち出している。その後、畿内の諸大名や堺の商人と茶の湯などを通して親交を深め、豊臣秀吉の側近として活躍した。

神屋宗湛は博多の貿易商人神屋氏の六代目。曾祖父寿貞《じゅてい》は石見銀山を再開発したことで知られる。宗湛は、以前より茶の湯を通じて深い交流のあった黒田孝高（如水）の筑前移封に助力し、黒田氏の御用商人を務めた。

島井宗室は朝鮮出兵に反対したため、秀吉の怒りを買い蟄居を命じられることなどもあったが、許された後は、石田三成と協力して日本軍の兵站役を務める一方、明との和平の裏工作を行い、その後はまた海外貿易によって莫大な富を蓄積した。

うちのごりょんさん

うちのごりょんさんナ　ガラガラ柿よ
見かきゃ良けれど　渋ござる　ヨーイヨイ
うちのごりょんさんの　行儀の悪さ
おひつ踏まえて　棚さがし　ヨーイヨイ
ごりょんよく聞け　旦那も聞けよ
子守《もり》に悪すりゃ　子にあたる　ヨーイヨイ

「博多子守唄」の一節である。

哀調を帯びた他地方の子守歌と違い、何ともあっけらかんとして、雇い主を揶揄しているようでもありながら、親しみを込めて陰口をたたいているようでもある、思わずクスッと笑ってしまいそうな唄である。

この唄に歌われている「ごりょんさん」とは、商家を切り盛りする女性のこと。

博多では、「どんたくジャ」「山笠ジャ」、はたまた町内のため、流のためと、旦那衆はしょっちゅう家を留守にする。その間、家業や家庭をまわしていく、しっかり者。まさに陰のマネージャーなのだ。

親戚付き合いや近所付き合い、幾重にもなった人間関係をうまくこなしていくのも、ごりょんさん。それでいて、決して出しゃばらず旦那を立て、いざという時には、自分が矢面に立つ。家庭もしっかり守り、子育てにも手抜きはしない。今から見れば、信じられないようなスーパーウーマン。それが「博多のごりょんさん」なのだ。

うちのごりょんさんもたいしたものだった。

石村萬盛堂の創業者である祖父が菓子屋に住み込み修業中のある日、突然父親が来て「嫁ごバもろうちゃぁケン明日帰ってこい」という。

翌日家に戻ると小太りでニキビ面の女性が一人。千代町の素麺屋の娘竹村津也《つや》である。細面のユリの花のような人が好みだった祖父は、「コゲナ、小豆餅バ宛てごうて」と内心腹が立ったが、有無を言わせずその日のうちに三三九度。その年の暮れ、十二月二十五日、博多中対馬小路で創業することとなった。明治三十八（一九〇五）年、巷は日露戦争の勝利に沸いていた。

現在の博多中学校の校庭の場所が当時の博多の港で、壱岐・対馬をはじめ京阪からの船舶の往来も繁く、「商会」と称し廻船問屋が軒を並べ、中対馬小路もかなりの賑わいを見せていた。船乗りは柳橋の遊郭に向かう者もあったが、疲れて甘い物を欲し、菓子屋へと足を運ぶ者も多かった。

新婚のごりょんさんは、器量は悪かったが商売の才覚はたいしたもので、毎日港に行っては入港する船の数をチェック。来客の数を予想し、生菓子を売り残したことはなかったという。情報収集や原価率計算などに優れ、根っからの職人の祖父は、「津也さんに任せときゃあ間違いはナカ」と、商売は津也に任せっきり。菓子づくりに没頭した。

店も切り盛りする一方、八人の子を出産。二人を乳児期に亡くした悲しみをものともせず、五男一女を立派に育て上げた。もちろん長男は跡取りとして、幼少期よりしっかり意識づけ、女の子には、どんな家に行っても困らないような技術や教養を身につけさせ、あと四人の男の子は学者に育て上げた。初孫である私の姉に対しても、売れ残りの菓子の戸別販売をさせるなど、幼いころから商売の苦労を体験させていたそうだ。

とにかく、やかましモンで、嫁たちは連合して「コゲン言われた（こんなふうに言われた）」「アゲナことで怒られた（あんなことで怒られた）」と愚痴を言い合い慰め合っていた。長男の嫁である母は一番怒鳴られたのだろうが、弟嫁たちに慕われ、何かと相談を受けていた。

祖父が隠居してからは、古小烏の隠居家の庭に茶室を建て茶道を教えていたが、福岡の茶道界でも怖い先生でとおっていたという。私も中学一年のときから茶道を習い、お稽古の日は祖父母の家に泊まった。稽古は厳しかったが、祖父母とともにいただく夕食時は、会話の中に滲む二人の人柄やポリシーが感じられ、お茶のお稽古よりも学ぶことがたくさんあった。

祖母は九十九歳まで長生きし、白寿の祝いの品をお配りすることもできたが、不幸なことに長男である父は、母親より先に逝ってしまった。臨終間近のある日、病院に来た祖母は、父の手を握り、「ナーモ心配せんでヨカ。アタキがお浄土に送っちゃあ（何も心配しなさんな。私がお浄土に送ってあげるから）」と「南無阿弥陀仏、南無阿弥陀仏」と大声で唱えだしたのだ。母や叔母たちは「まーだ死んでもおらっしゃれんとに」と肩を抱き合って涙をながした。この病室での壮絶な光景は決して忘れることはできない。散々に言われた祖母だが、私には「覚悟すべきとき」にはこうするのだと示したその姿、その肝の据わり方に深い感銘を覚えた。そして本当に深い母親の愛情を見た思いがした。これぞ、博多のごりょんさんの真骨頂だ。

二代目ごりょんさんの母美智子も、津也に負けず劣らずのごりょんさんだった。

戦争中、男はほとんど戦地へ。だから母のクラスメイトには所謂「売れ残り」が多かった。母の父は軍人で、近衛兵として明治天皇の天皇旗の旗手を務めるほどの人物だった。だから、本来なら商売人とは縁のない世界の人だった。たまたま父のすぐ下の弟が戦時中、軍の参謀本部に勤

うちのごりょんさん（美智子と津也）

めているときに机を並べたのが母の兄ということで、慣れない商売人の家に来たのだ。当初は、姑にどれだけやかましく仕込まれたことだろう。

しかし、そんなことは全く感じさせないほど、博多のごりょんさんとして完璧にやりこなした。戦後間もなく、昭和二十四（一九四九）年、石村萬盛堂は株式会社となったが、社員と社長・社長夫人の関係も、それまでとは変わらない、大家族のようなもの。社員とは我が子のように接した。母は、毎日複数の店舗をまわり、店の設《しつら》えを正したり、店員に何かと指示を出したりしていた。やはりやかましい人で、容赦なく悪いところは正した。奥さんが来たら、みんなピリッとなったという。しかし、厳しさにもメリハリがあって、旅行したときなどは社員へのお土産買いにつきあうのが大変だった。

そんな母の思いやりを示す有名なエピソードがある。

令和二（二〇二〇）年暮れに亡くなったコメディアンの小松政夫さんは、我が家の祝い事など節目々々には必ず顔を見せてくれた。

「恩人に会いに行こう‼」なんて趣旨の番組でも母を訪ね、亡くなった後もその種の番組で実家を訪ねてくれることも度々だった。

小松さんの実家は、櫛田神社の近くに戦後間もなく建てた一部四階建てのビルという画期的なもので、父親は自宅ビル一階で米国菓子などを扱う高級菓子屋を営んでおられた。裕福な家庭だったが、中学一年のときに父親が亡くなり、小松さんは高校にも行けない状態となった。そこで福岡高校の定時制に進学し、我が家に住み込みで働くことになった。

十二月二十五日は、クリスマスならぬ我が家の創立記念日で、毎年演芸大会があったが、そんなとき、同僚の佐藤君と一緒に演芸会の演出を考え、司会を務める傍ら、漫才、寸劇など多彩な芸を披露する花形で、みんなの人気者だった。

高校を卒業し、役者になりたいと上京しようというとき、「汽車賃も全然ないケン、二〇〇〇円くらい前借りさせてください」との申し出に、ひとしきり大笑いした母は「ナン言いようとね。辞めるて言いようトニ、前借りやナカロウモン。餞別くださいって言うったい（何言ってるの？辞めると言っているのに、前借りとは言えないでしょう。お餞別くださいと言うのよ）」と言って、一〇〇円札で一〇〇枚、一万円をポンと渡したという。いろいろな想いが一気にこみ上げ、小松

小松政夫さんと父、母、社員

さんは号泣したという。

当時、定時制高校に通いながら働いている少年も何人かいた。そういう人たちに対しても、ごりょんさんは母親であり、分け隔てなく、悪いときにはガンガン怒り、良いときには思いっきり誉めてやる。そして相談事には親身になってのっていた。一万円札で渡すのではなく、一〇〇円札一〇〇枚で渡したのも、親心であったのだろう。

母の葬儀のとき、小松政夫さんが弔辞を述べた。「奥さん」と遺影に向かって話しかけた小松さんは、母との思い出を切々と語った。紙に書いたものは一切なかった。そして最後の名乗りは、本名の「松崎雅臣」だった。荼毘に付すまでついてきてくれた小松の親分さん。人から受けた恩義をこうしていつまでも忘れないでいる人だから、厳しい芸能界でも最後まで活躍できたのだと思う。

母のしたことは、博多のごりょんさんならば、誰でもしたであろう些細なことだったかもしれないのに。母の葬儀には二〇〇〇人を超える人がお参りくださった。「九十歳を過ぎたおばあさんの葬式に！」と、遺族はみんな驚いた。

小学校のころ、父と二人で旅行した思い出はあるが、母の旅行はいつも従業員と一緒だった。「挨拶のしかたが悪い」「お客様に対して笑顔がない」「あれしとらん。これしとらん」とにかく怒られた記憶しかなく、「母さんとの良い想い出など一つもない」と公言して憚《はばか》らない娘だったが、このとき以来、母を誇りに思い、厳しく育てられたことに心から感謝しているのである。

のぼせもん

西島伊三雄「どんたく」
（アトリエ童画提供）

芸所博多とどんたく

石村萬盛堂の本店は麴屋番《こうじやばん》の角にあった。現在博多座の横の博多リバレイン内郵便局となっている所だ。隣は博多鋏など刃物を商う菊秀さん、その隣は八百屋さんだった。博多どんたくのときにはこの二軒の店の前に仮設の舞台が立ち、子どもたちは最前列に陣取り、日がな一日舞台を見上げた。面白い出し物があると、その真似事をして興じるのも遊びのネタだった。

今でも思い出すのは「支那の夜」。一人の女の人が舞台に上がり「シーナの夜、シーイナの夜よ」に合わせて、イナバウアーよろしく身体を反らせるのだ。私たちはそれを真似てどれくらい後ろに身体を曲げられるかを競い合った。渡辺はま子の「支那の夜」は大流行していて、子どもたちもよく知っていたから、みんな歌いながらはやし立てた。

現在の福岡市民の祭り「博多どんたく」のパレードに見られるような大人数ではなく、家族や店ごと、あるいは踊りの社中で参加していたものだろうか、一人、二人からせいぜい十人の通りもんグループで舞台に上がっていた。戦後焼野ヶ原に再建された店舗が、店内を土間張りにし陳

預かり笹（左）と預かり笹を背に刺した人たち

列ケースを並べたため踊りの場所がなくなり、街角に舞台をつくって披露させていたものという。萬盛堂の店は、陳列ケースを並べているとはいうものの、幾分スペースがあり、筑前琵琶や少人数の踊りの人たちが訪れては芸を披露した。

戦前は、商家の店頭は畳敷きで、商いは畳の上でなされ、大広間がある家も多かった。どんたくのときには、床の間には決まった掛け軸をかけ、店先の畳の上や大広間に屏風を立て、緋毛氈を敷き、ごりょんさんは昆布・スルメ・アブッテカモ・鯛の浜焼き・串刺しのイカ・竹の子・蒲鉾・卵焼き・果物など手に取りやすいように調理したお接待の鉢盛りと酒、「預かり笹」を準備して訪れる人々を待った。表の格子を全部外して、家の中で演じられる踊りなどを、道行く人が見ることができるように配慮する店もあったという。

預かり笹は、笹に商標の札や仁◯加《にわか》面、紙風船、「預かり」と書いた札をつけたもの。どんたくが近づくと、我が家では私たち子どもも手伝いをさせられ、鶴乃子のマークの紙を笹にコヨ

祝福に立ち寄ってくれた方々を迎える

リで取り付けたものをいくつも作った。「お祝いに来ていただいた気持ちを預かる」という意味で、芸を披露しに廻ってきた人に手渡し、後日決められた期間中にその店に持って行けば、粗品と交換してくれる。

父は早朝より肩衣・カルサン[1]に身を包み、喜々として大黒流の大黒天のお伴に出かけたまま、糸が切れたタコのように帰ってこない。博多松囃子を迎えるのはごりょんさん（母）の役目。店の前で松囃子各流の代表は口上を述べ「祝うたあ」と祝福し、オミヤゲ[2]を手渡す。店からは、ご祝儀と各人に預かり笹を渡し、流の人たちは御神酒をいただいて昆布・スルメ、蒲鉾や鶴乃子をつまみ、次の祝い先に向かった。

近年定番となっている「一束一本[3]」は、元来武家の風習であり、江戸期は、松囃子が福岡城に上がったとき舞を舞い終わった「児《ちご》」にのみ藩主から賜る

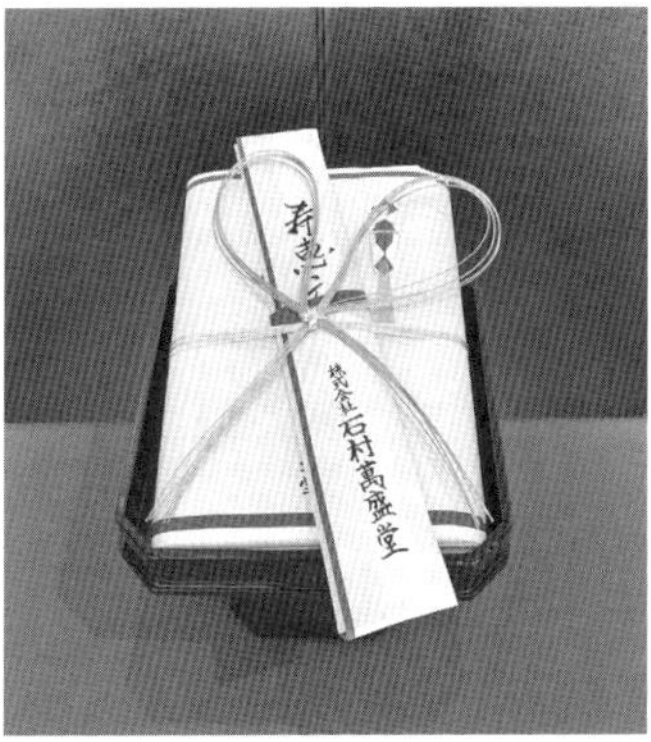

一束一本

ものであり、町々からは祝儀として「包茶」一包を遣わすことが慣例だった。萬盛堂でも私が若いころまでは一束一本は出していなかったと記憶するが、波多江五兵衛さんの著書によると、一束一本を出す家もあったようだ。

祝賀に立ち寄る先は、現在では二日間、朝八時五十分に櫛田神社を出発して夕刻まで廻らなければならないほどに増えている。以前は朝の出発も遅く、昼過ぎには終わり、それから着替えて「通りもん」に出る者も多かったという。

江戸時代以来、通りもんの男性は黒い羽織の裏に凝るのが粋とされた。趣向を凝らした羽織裏を見せる着方を「スラセ（肩裏）」と言い、贅沢が許されなかった庶民が松囃子で城に上がったとき、裏に描いた絵を武士に見せびらかし、博多町人の文化度を誇ったものという説もある。男はスラセの出で立ちで、女は花笠をかぶり、預かり笹を背に刺した人たちが、三味線を弾きながら、シャモジをたたきながら、あるいは曳き台を曳いて、夜遅くまで町を行き交い、知り合いの店に立ち寄っては「祝うたあ」と両手をあげて祝福し歌や踊りを披露して廻る姿は、昭和三十年代までは見られたが、現在も「博多町人文化連盟」の人たちは、この粋な格好にボテカズラ[4]をつけてどんたくに出ている。

三福神ばかりでなく、店で踊りなどをしてもらうと縁起が良いとされ、訪問者が多いほど自慢にしたものだ。なかには家族で、大人が三味線を弾き、鼓を打ち、歌うのに合わせて子どもが踊る、あるいは仁和加を語るという家もあった。ちゃんとした踊りでなく作り踊り（即興の踊り）

スラセにボテカズラをつけて「通りもん」に出る「博多町人文化連盟」の人たち（アトリエ童画提供）

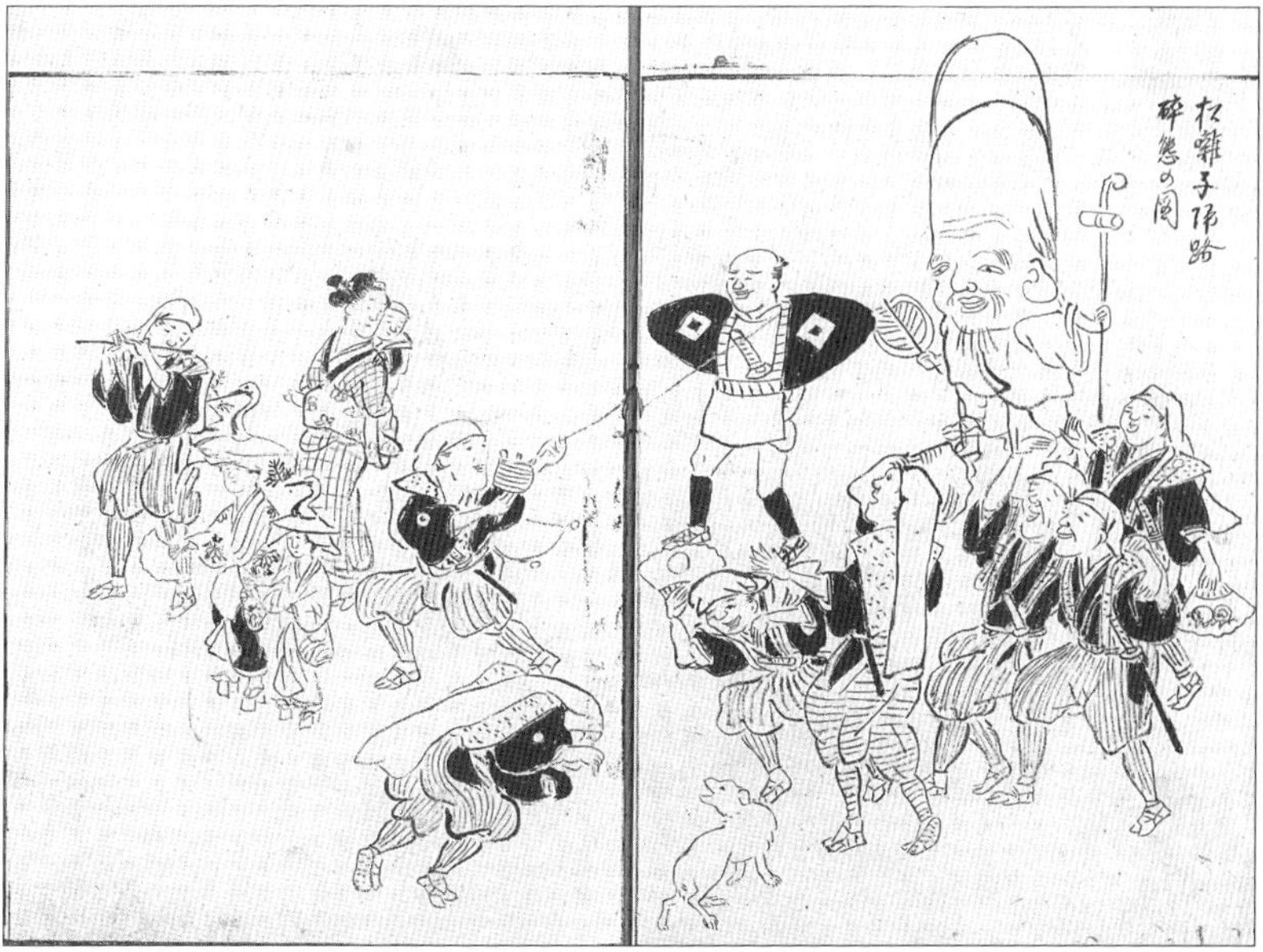

『筑前名所図会』の「松囃子帰路酔態の図」
（福岡市博物館所蔵　画像提供：福岡市博物館 / DNPartcom）

でも大いに受けたという[5]。何軒も廻り酒を飲み、挙げ句は、『筑前名所図会』の「松囃子帰路酔態の図」「松囃子客の図」そのものだった。

現在、「どんたく隊」と言われる「通りもん」は、手に手にシャモジを打ち鳴らしながら「ぼんちかわい」の唄を歌い行進する。そのことが定番ともなっている。戦後博多松囃子の復興に尽力した落石栄吉氏は『戦後博多復興史』に、「日本海海戦後の六月一、二日には築港埋め立て地で戦勝祝賀どんたくが行われ、そのときはじめてシャモジをたたいて気勢をあげた」また明治三十九（一九〇六）年の項では「ぼんち可愛やねんねしな……の唄は、博多呉服町菓子店の河原田平兵衛さんが当時東京で流行していたのを、このとき歌わせたのが始まり」と述べている。シャモジの起源については「ごりょんさんが家の奥で食事の支度中、表を通る通りもんの賑やかさにつられて、シャモジを手にしたまま表に駆け出し行列に加わったのが起こり」という説もある。しかし「芸無し猿はシャモジなっと（なりと）たたけ」とも言われ、「シャモジやらたたきやんな（叩くな）。あれはなーもしきらんモン（何もできない者）がすることバイ」とも言われた。

「博多通りもん」は今や博多で一番人気のお菓子。でも「通りもんってそもそも何？」とネットで調べても、お菓子の通りもんしかヒットしない。どんたくが福岡市民の祭りになってからは、そのパレードは博多松囃子を先頭に古式の通りもんが曳き台を曳いて続き、その後に企業や学校、全国の自治体、外国からも、あるいはご町内やお稽古事のグループなどが、多くはシャモジを叩いて踊りながら参加、あるいはブラスバンドやバトントワラーが演技を披露しながら進む。これも通りもんの発展型なのだろう。

「博多の者は芸事が好き」。それ故、「派手好き、のぼせ者」とも言われる。しかしそれは、町人自治を守る博多に於いて、物事をうまく運ぶための社交のツールであり、様々な芸事をともにすることを通じてお互いの信頼も育まれたのだと思う。軽妙洒脱に世情を批判する「博多仁和加」や「博多なぞなぞ」も、日常会話の中にあり、我が家でも、宴会のときなどは叔父たちが仁◯加の半面をかぶり次から次へと一口ニワカを披露した。

家によって三味線であったり踊りであったり様々ではあったが、幼いころから芸事を仕込むのは、ひとり我が家ばかりではなかった。いわば博多の町全体の気風がどんたくに表象されるとでも言えようか。

京都の学生時代、私は能楽部に属し、コンパのときなどに仕舞をちょっとやったりしたものだ。ゼミの教授曰く「さすが博多やなあ。小さいときから歌舞音曲で仕込んではるわ」と。

祖父の十八番は「弱法師《よろぼうし》」だった。杖を持って「足下はよろよろと～」の謡いに合わせて舞う祖父を、年寄りだから、足もとがよろよろして、こんな仕舞をするのだろうとばかり思っていた。

ふざけた衣装で仕舞をする祖父
（石村善博提供）

これが俊徳丸《しゅんとくまる》(6)の悲しい物語と知ったのは、ずっと後のことだった。

博多松囃子、どんたくは様々な変革を経て、現在では「福岡市民の祭り　博多どんたく港まつり」に組み込まれている。五月のゴールデンウイーク、全国最大の人を集めるどんたくパレードでは、どんたくの起源である松囃子が先頭に行進し、その後に古式どんたく隊として高砂連[7]、博多町人文化連盟、博多仁和加振興会、博多那能津会、筑前琵琶保存会、博多古謡保存会、鶴三十三羽などが、曳き台に載せた太鼓を打ちながら三味線やシャモジで囃子ながら行く。かつては博多町人の素養であった仁和加や古謡が、保存会など一握りの人々の間でしか行われないのは寂しい限りである。

一方これらに続いて、様々な趣向を凝らしたどんたく隊が福岡県下のみならず日本国中、海外からまでの参加を得て賑やかに繰り広げられていることは、本来通りもんが、その時その時の趣向を凝らしたものであったことや、日本最初の国際都市と言われる博多の歴史と照らして興味深い。

（1）上を緩めに仕立て、裾口に細い横布をつけた袴。中世末に来日したポルトガル人のズボンを真似たもの。江戸時代は町人の労働着。

（2）福神流は唐団扇――祝賀に訪れる先には大、各町には小が渡される。
恵比寿流は大笹――金紙を巻いた棒に張り子の鯛をつけ熨斗をかけたもの。
大黒流は稲穂笹――金紙を巻いた棒の先に稲穂、途中に俵のミニチュアを取り付けたもの。
稚児流は下げモン―金紙を巻いた棒の先に鈴、途中に鼓と児の頭巾のミニチュアを取り付けたもの。
このほかに近年は手ぬぐいや打ち出の小槌（大黒）を渡す。

（3）武家の通常の献上物で、杉原紙一束（十帖）と扇一本。波多江五兵衛氏の『冠婚葬祭博多のしきたり』（昭和四十九年刊）の一束一本の項には、承天寺開基の聖一国師が帰国後、筥崎八幡宮へ御礼の参拝をしたとき、命からがらやっと着いたばかりで、供物として差し上げるものがなかったため、唐で求めた扇子一本と、ふところの紙を出して心ばかりの供物にしたのが「一束一本」だという説があり、たとえ品物は簡素でも心のこもった品ということから、博多のならわしとして伝わったものでしょうと記されている。

（4）和紙を貼り合わせて作る張り子の鬘。

（5）博多町人文化連盟理事長の西島雅幸氏による。西島氏の父伊三雄氏は、同会初代理事長、博多町屋ふるさと館館長などを務めたグラフィックデザイナー。博多どんたく・松囃子、博多祇園山笠などの絵を数多く残す。奥村玉蘭が描いた松囃子の絵を思わせる詳細な作品もある。伯父西島荒太郎氏は博多仁和加の名人であった。

（6）俊徳丸伝説で語られる伝承上の人物。河内国《かわちのくに》高安の長者の息子で、継母の呪いによって失明するが、恋仲にあった乙姫の助けで四天王寺の観音に祈ることによって病が癒えるというのが伝説のあらすじであるが、これを題材として能『弱法師』、説経節『しんとく丸』、人形浄瑠璃や歌舞伎の『摂州合邦辻《せっしゅうがっぽうがつじ》』などが生まれた。能『弱法師』は、伝説よりも悲劇性が高く、継母も乙姫も登場せず、俊徳丸は視力が回復したような錯覚に陥るだけである。しかし四天王寺西門での日想観と父との再会が印象深く演じられる。三島由紀夫の戯曲『弱法師』がある。

（7）明治二十六（一八九三）年創立。博多の老年組で組織。曳き台に太鼓を載せ囃しながら進むスタイルは、太宰府の献梅行事などにも影響を与えた。高砂の人形を載せた曳き台は古い形式を伝えている。

博多松囃子の歴史

博多の男たちは「博多の一年ナ松囃子と山笠《やま》バすることで、生活のリズムのできとう。博多に生まれ育った者《もん》にとっちゃあ生活そのものバイ」と言う。博多松囃子の後片付けが終わると、すぐに、「これから山笠の寄り合いがありますけん」とそさくさと出て行った流《ながれ》の役員。一年中、この二大行事をどうするかで、度々の会合が持たれ準備が進められる。祭りによって博多の町はいつも生き生きしているのだ。

現在ではこの二大祭礼にのみ生きる「流」の組織は、博多自治の組織であり、日々のくらしを規範するものだった。そうしたくらしの中の山笠・松囃子はなくてはならない祭礼なのだが、数百年の歴史の中では、江戸初期、明治維新、そして前の戦争と、何度か存亡の危機に見舞われた。そしてこのたびは新型コロナウイルスの蔓延によって二年間の延期を余儀なくされた。

博多松囃子は、令和二（二〇二〇）年一月、国の重要無形民俗文化財に指定された。(1) しかしこの年はそのお披露目ができなかった。翌三年、どんたく全部はともかく「松囃子はなんとか」と

博多松囃子の夫婦恵比須

いう関係者の並々ならぬ努力で、「祝うたあー」の声が博多の街に響いた。「博多が好きすぎる博多オタク」の高校生ホノカちゃんも夢中で追っかけしていた。遠い昔の私のように。

山笠については、いろんな本を目にするが、どんたくについてはあまりお目にかからない。

その起源とされる松囃子は、貝原益軒の『筑前国続風土記』に「安元元（一一七五）年、小松内府重盛公が、黄金三千両を大宋国に送り育王山《いおうざん》に施入した。このとき博多の人々が多く重盛公の恩恵を被ったので、没後にその恩に感謝するために、正月に松囃子と云うことを始めた。その歩行のはやしの歌に、松殿や松殿や小松殿やと歌ったのだが、今はあやまって松やね松やね小松やねと歌っている」と記してある。

民俗芸能研究の権威山路《やまじ》興造《こうぞう》先生によると、「小松の枝を手にして〔松やにやにや　小松やにやにや〕という独自の囃子詞を唱えるのが、松囃子という正月の祝福芸能の一番の特色でその不思議な詞章の解釈から小松（平）重盛に関係づけた伝承が生まれた。この伝承は博多独自のものではない」ということだ。

そして博多松囃子が、今日なお、福神・恵比須・大黒の仮装にあわせて祝言の詞章を〔言い立て〕として伝承しているのは重要である、とも言われている。ことに大黒流がかつて「〔松やね、小松やね小松やね、松の陰にてとみはましませ〕と唱えていたことが『石城志』に見え、この『言い立て』の伝存こそが、博多松囃子が室町時代からの松囃子であることの重要な証拠である」と言われる。残念ながら、現在の大黒流の言い立ては、この肝心な部分を省いてしまっているのだが。

つまり、博多松囃子は博多祇園山笠同様、室町期の京都の文化の移入にほかならない。平重盛起源説を否定してしまうと、一所懸命取り組んでおられる博多松囃子振興会の人たちに怒られそー。

しかし、伝承というものは、そう信じられ語り伝えてきたことこそ大事なことであって、そう伝えられるには何か理由があってのことなのだと思う。まだ、今のように情報や知識が豊富でない昔にあって、祭りのたびに大衆の目の前に繰り広げられること、祭りの起源に関する伝承が繰り返し語られることは、人々に大切なことを忘れさせないためではないだろうか。博多では山笠で豊臣秀吉の恩を、松囃子で平家の恩を末世まで伝えたいためということではなかろうか。山笠の標題に、戦乱に焼けた博多を復興させた人として豊臣秀吉が多く、松囃子では、平清盛が「袖《そで》の湊《みなと》」を造って貿易を盛んにし博多を繁盛に導いたという想いが生き続けてきたのだ。

松囃子の「小松やね」が重盛の通称「小松内府」と、たまたま小松つながりで結びついたが、要は博多にとって平家が大事だったということだ。こういう博多の人々の心こそ大事にしたいものだ。

戦国時代の松囃子の実態はわからないが、『筑前国続風土記』には、慶長五（一六〇〇）年から寛永十八（一六四一）年まで中絶していたものを、二代藩主黒田忠之の命により十九年正月十五日より、博多の里人が再興して年々絶えることなく行っていると記されている。再興の中心となったのが伊藤宗巴《そうは》。

現在は、五月三・四日、二日間もかけて、福岡市役所、寺社や老舗、主な企業などを祝福して回る博多松囃子だが、江戸期、松囃子の児舞《ちごまい》が祝賀に立ち寄る先は、福岡城のほか津中では、櫛田社・大乗寺・東長寺・承天寺・聖福寺・年行司《ねんぎょうじ》(2)二軒・三笠屋・当番の町年寄・翌年当番の町年寄・児《ちご》の宅など十六ヶ所だけだった。その中に含まれる三笠屋は、伊藤宗巴の店。宗巴の恩に謝するため、後々までこの門前で児舞を行ったのだ。このことも同様の「恩を忘れない」博多人の気質を物語る逸話だろう。

『筑前名所図会』「松囃子博多年行司出仕」
（福岡市博物館所蔵　画像提供：福岡市博物館 / DNPartcom）

寛永十九年の復興以来、江戸期は博多の街の人たちがこぞって福岡城に祝賀に訪れていた。

奥村玉蘭の『筑前名所図会《ずえ》』には、「正月十五日博多より御城内にまいりて祝し奉る」松囃子の様子が克明に描かれている。博多に生まれ育ち松囃子をこよなく愛する人にしか描けない詳細で、かつ楽しい絵が続いている。

その先頭に「松囃子博多年行司出仕」として、挟箱《はさみばこ》を担いだ従者を従え参進する二人の年行司の姿が描かれている。二人は城内に入ると大書院御庭前に向き合い立ち、松囃子でやってくる人々の取締をした。博多津中の老若男女は早朝より上ノ橋御門前に集まる。藩主、家老以下諸役員、女中衆が見物のため御殿や御下ノ屋敷に着座すると開門となり、町衆は我先にと中に入る。城内御館玄関前には半切り桶に酒をたたえ、柄杓《ひしやく》をつけて自由に飲ませ、その土器を賜った。

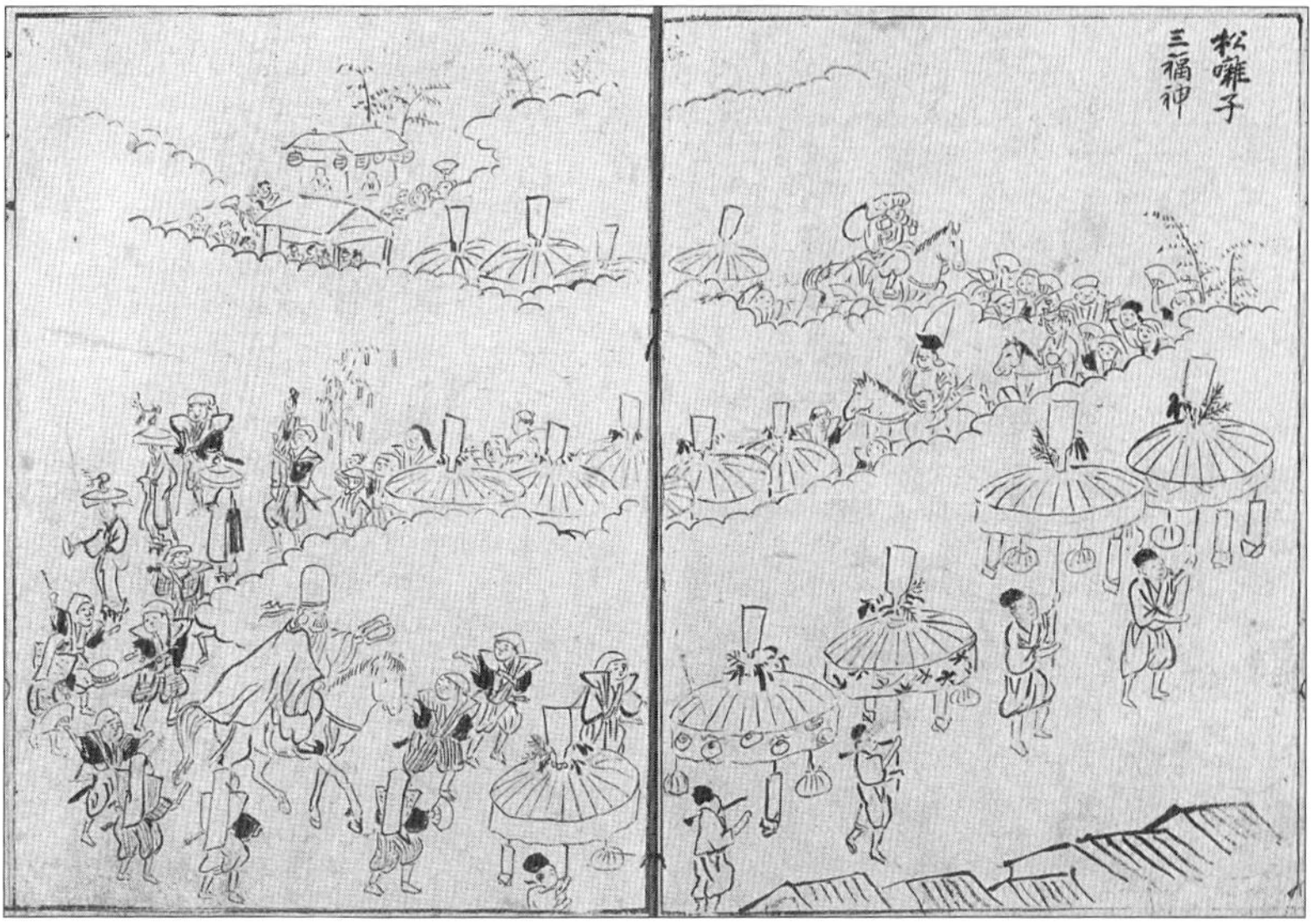

『筑前名所図会』「松囃子三福神」（同前）

三福神・通りもん退出の後に、大書院御庭前で児《ちご》（稚児）が舞い、御広間では年行司と児頭取が藩主より酒肴を賜り、舞い納めた児には一束一本を賜った。年の初めに、町衆を引き連れ藩主に祝賀を申し上げる。年行司にとっても博多町衆にとっても年一番のハレの日であった。

『筑前名所図会』には、「松囃子三福神」として、見開きページいっぱいに三福神と稚児行列が描かれている。傘上に羽子板と松の小枝、ゆずり葉と思われる小枝を載せ、まわりに布を垂らし、内側に帯と砂金袋を下げた傘鉾が五本続き、騎馬の福神、その後ろに締太鼓に綱をつけて持ち、言い立てを歌う人、周りで扇をもって囃す人、横笛を吹く人、松の葉をくわえた鶴を飾る笠をかぶった女性が続く。恵比寿流は短冊を下げた笹を持つ人に続いて傘鉾五本、騎馬の

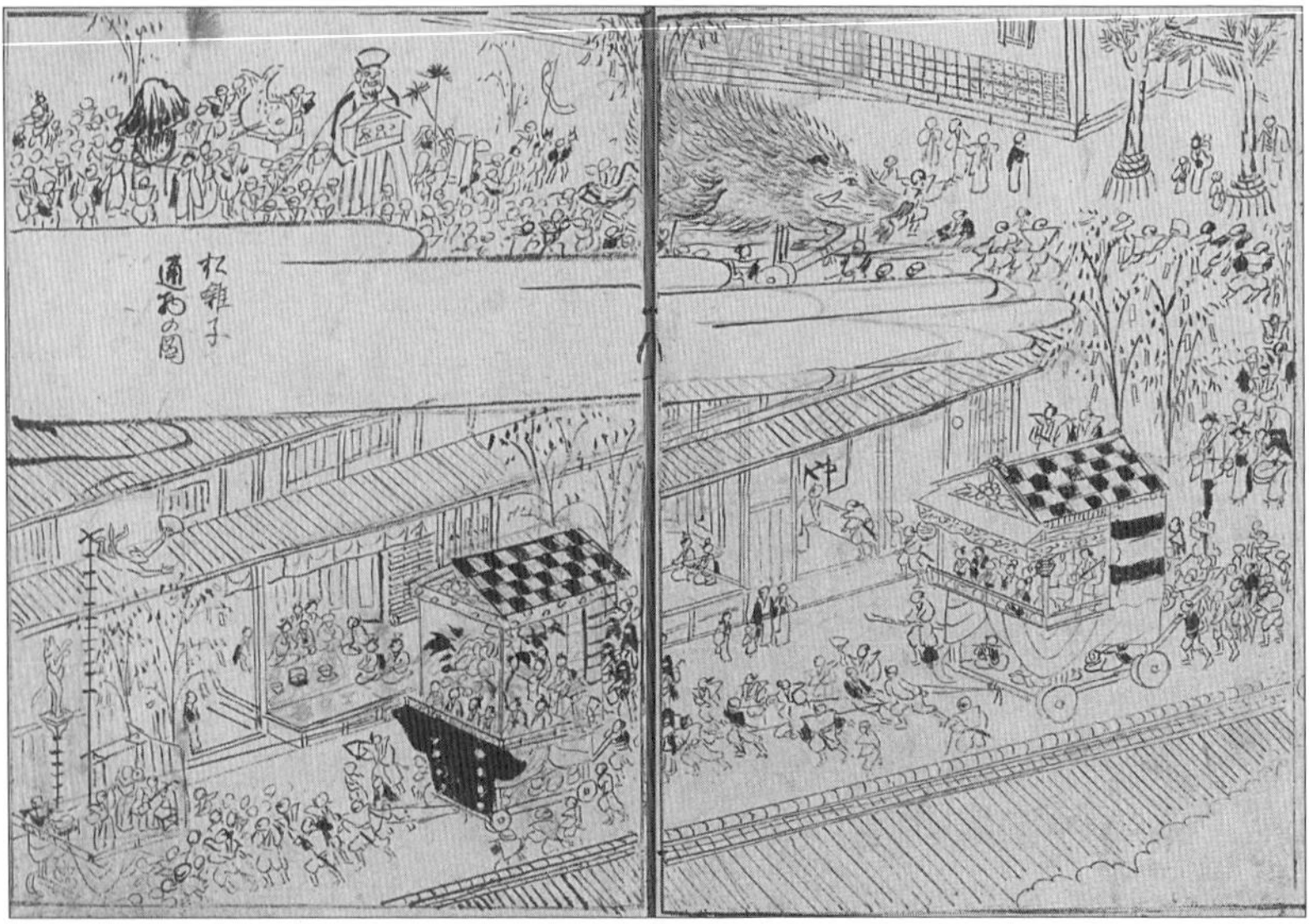
『筑前名所図会』「松囃子通物の図」（同前）

夫恵比寿、婦恵比寿と続き、その後に大黒天、さらに児（稚児）の一団が続く。
次の見開きには、「松囃子通物の図」として、賑々しく市中を練る「通りもん」が描かれている。
車のついた二層の仮閣（サジキ）の上層にも下層にも三味線を弾く人、笛を吹く人が大勢乗り、操り人形や歌舞伎踊りが演じられる。仮閣に取り付けられた綱を肩衣にカルサン（裁着袴《たつつけばかま》）をはいた男たちが京都の祇園祭の山・鉾を曳くような形で力を込めて曳いている。巨大なイノシシ、人形、鯛など趣向を凝らした作り物を載せた曳き台（山車《だし》）も続く。それらを囲んで「跡《あと》巻《まき》」と称する一群がいる。童男女に綾羅《りょうら》・錦繍《きんしゅう》の衣服を着せ、大人は思い思いの仮装をし、笛・太鼓・鉦・三味線で囃し、唄を歌い、戯《ざ》れ言《こと》を言い合ったりして通る。先頭には高いはしごの上で狐の曲芸、沿道の店は表を開け放ち、女たちが見物している。お囃子の音や人々のさんざめきが聞こえてくるようだ。他国にも例を見ない行事なので遠近からの見物客が巷《ちまた》に満ち溢れたという。

明治維新。博多の人々にとって、こんなに楽しい祭りが、明治政府の通達によって博多祇園山笠とともに明治五（一八七二）年、突然禁止になった。両祭りの存続を願う博多の人たちは、何とかならないかと知恵をしぼった。明治政府の布達に「天皇誕生日など限られた祝日は身分相応に祝ってもよい」とあるのに注目し、紀元節を祝賀するとして明治十一年に再興された。その後変化を繰り返し、明治三十一年に陸軍の招魂祭と結びついた。このことにより、存続には確固たる保証を得たが、正月の祝賀行事の意味はなくなってしまった。

大正から昭和にかけては稚児三福神抜きで「どんたく」が肥大化し、一人歩きするようになった。「どんたく」はオランダ語のzontagの訛りで日曜日を意味する。戦後、松囃子・山笠の復興の中心人物だった落石栄吉氏は、「どんたく」は人々が自由気ままに仮装し、歌ったり踊ったりする「通りもん」を指し、「松囃子」と「どんたく」は「別もんやばってん」と言っておられたが、誰でも参加できて楽しめる「どんたく」というイメージが定着し、博多松囃子はこの中に包摂されていった。

戦後、昭和二十二（一九四七）年の「博多どんたく港まつり」には福岡商工会議所から各流に

傘鉾

補助金が出され、松囃子が再興した。新憲法が発布され、憲法記念日が制定されると、その日に合わせて、博多どんたくが行われるようになった。幾たびも松囃子は存続の危機に立たされながらも、博多町人の松囃子を続けたいという想いと知恵、町人の団結とによって、少しずつ形は変えながらも存続してきた。

上に羽子板の載った古式傘鉾や三十三羽の鶴などの復興も図られた。傘鉾の御神入、福神流の「面祭り」、祝賀に廻る際に手渡すオミヤゲの準備、祭りが終わった後の稚児の当番を引き継ぐ「天冠の儀」、大黒流・恵比寿流の当番引き継ぎの「面送り」など、昔と変わらず行われる。恵比須流の面送りの一連の作法は、かつて博多の婚礼の際に行われた「荷送り・荷受け」「本客」と同じ作法であることにも、博多のくらしの伝統が息づいていると感じるのである。

（1）博多祇園山笠は昭和五十四（一九七九）年二月、重要無形民俗文化財に指定され、平成二十八（二〇一六）年十月、「山・鉾・屋台行事」の一つとしてユネスコ無形文化遺産に登録された。

（2）中世博多を基盤とした貿易で富をなした豪商十二人ないし十六人からなる「年行司」は、堺の「会合衆《えごうしゅう》」と同様、自治市政を敷いて博多の領有をねらう諸権力に対抗、博多住人の権益と自由のために努力した。藩政期、黒田長政も博多部における自治を認め、年行司十二人を定め四人ずつの輪番勤務を命じ、役料五十石を与えた。その後人数は漸減し、宝暦六（一七五六）年には二人に減少、年番制は半年受け持ちになる。年行司役場（年番所）に出勤し、町奉行の申達を受けて津中に伝え、津中管理の重要案件を審議かつ実行するなどした。

追山笠の廻り止《おいやまのまわりどめ》

七月十五日早暁。

まどろむ中に、町のあちこちから「オイッサ」「オイッサ」のかけ声が聞こえてくる。

やがて我が家の玄関。「もーろーろー」（もう、どうぞ［おこしください］）と若手の声。

続いてカチッ、カチッと火打石の音。

父親の出て行く気配。

「もうちょっと」と寝入ろうとした途端、「何時まで寝とうとね‼」と鬼の一声。

あわてて飛び起き、顔を洗うのも髪をとかすのもそこそこに、工場の二階に駆け上がる。

川端町が再開発になり博多リバレインができることになって、麴屋番《こうじやばん》にあった本店が須崎の角に移転してくるまで、この場所は鶴乃子工場だった。従って、敷地いっぱいに建物が建っていて、窓の面積も相当広かった。その広い工場にテーブルを並べ、姉やお手伝いさんたちは、前日から井戸水で冷やしておいたビールやかまぼこ、ナマス、煮しめの大皿などをテーブルに並べ、ガラ

山笠の廻り止（石村萬盛堂提供）

ス窓を全部外して、準備していた。

向かいの家とうちの間に注連縄《しめなわ》が張ってあって、これが廻《まわ》り止《どめ》の目印だった。

新聞社、放送局の人たちは、少しでも綱の上がはっきり見える位置に陣取ろうと場所の取り合い、本局との連絡やら通信テストやらで騒がしい。そのうちに三々五々に親戚や祖父・父の友達もやって来て、酒盛りの始まりである。

空が白み、五時半ごろになってくると「そろそろやね」と、みんな窓際に移動。

やがて、向こうの方から「オイッサ!! オイッサ!!」という声が、段々近づいてくる。

先走りの子どもたちが走ってきて、招き板[1]を一所懸命上下に振る。

左右の家からは最後の勢《きお》い水《みず》が、絶え間なく浴びせかけられる。

台あがりは力一杯鉄砲[2]を振り上げ、振り下ろし、全員を鼓舞する。

山笠を舁く人、押す人、一丸となって最後の力を振り絞る。

そして、「ウオー」というひとかたまりの大歓声になって廻り止になだれ込む。

計測者は、軒の上、注連縄の端っこの位置に落ちそうになりながら立って、舁き棒の鼻《はな》（先端）が注連縄にかかると同時にストップウォッチを押す。そして舁き山笠が通過してしまうと、すぐさま大声で「何分何秒!!」と叫ぶ。下からは再び「ウオー」という歓声。興奮のルツボだ。

この場所が店舗となり、二階は狭くなった。しかし、山笠の計測所だけは場所をキープして、毎年のこの朝を迎えた。櫛田神社から派遣された数名とほんの少しの家族だけが入る空間となった。計測したタイムは所定の札に書いて順次窓の下に並べ掲示される。それを待つ間に下からは「何分？!!」「何分？!!」という声が飛ぶ。札が降ろされると、「一番！一番!!」と喜ぶ流《ながれ》、ガックリしたような顔の流。でもそれは瞬間で、すぐにどの顔もやりきった充実感に満たされる。

令和三（二〇二一）年七月三十日、廻り止のあの本店は、二年半の工事を経て新装開店となった。九階建てビルの一階が店だということで、「タイム計測所はどげんなるとやろうか」とずいぶん心配もされたようだ。

開店に当たっては、ほとんどのマスコミが採りあげてくれた。それは、山笠の廻り止がここだからにほかならない。改めてこの地に店舗を構えた創業者の祖父に感謝だ。

第45回式年遷宮（大正14年、石村萬盛堂提供）

山笠の計測所は「変えてもいいバッテン、なあも変えやんな（変えてもいいが、何も変えていけない）」という山笠関係の人たちの難問に、頭をひねり、知恵を絞り、旧本店時代と同じ位置、同じ高さに設けられ、七月十五日だけ路上にせり出す構造に造った。ごく一部の関係者だけが上がれる特別な空間となり、私たちももう上がることはできない。

　白木も目映《まばゆ》く、頭上の窓に見えるあの場所は、今までよりも神々しい、博多祇園山笠という「神事」に相応しい場となった。

　この廻り止がある上洲崎町《かみすさきまち》の人々にとっても、廻り止の場所は大切な場所に違いなかった。博多総鎮守櫛田神社は令和七年に二十五年に一度の第四十九回式年遷宮が行われ、それに向けて、新「櫛田会館」の建設など記念事業が着々と進められ

第46回式年遷宮（昭和28年、石村善博提供）

ている。写真は大正十四（一九二五）年と、戦後間もない昭和二十八（一九五三）年の式年遷宮上遷宮の折の記念写真だ。上洲崎町からは三柱の御祭神のうちの大神宮（天照大神）の神鏡と獅子頭を二回とも奉納している。同じ「廻り止」の場所だ。いずれも大人は正装、小学生の男の子はお揃いの法被に鉢巻、小さい子どもと女の子はお稚児さん姿、幼い私たち姉弟もお稚児さん姿で写っている。町中こぞって行列で櫛田神社に奉納したのだ。

　現在の廻り止のある場所がジャストここに定められたのは昭和二十七年のことである。というのは、戦前は現在の昭和通りはなかったのである。橋口町から上洲崎、麴屋番《こうじやばん》、掛町《かけちょう》、綱場町《つなばまち》に通じる博多本通り掛筋は、戦前まで博多のメインストリートで福岡市内第一の賑わいを見せていた。この賑わいは江戸期以来のもの。武士の町福岡から那珂川の中洲を通り、東中島橋を渡って町人の町博多へ入った所が橋口町で、福岡藩時代は「札《ふだ》の辻《つじ》」とも称し、藩の高札が掲げられる場所だった。したがって博多の人々は藩のお触れを見るためにここに集まり、往来の多い所だった。橋口町の先は上洲崎町の道がカーブしていて行き当たりになっていて、享保十七（一七三二）年に開店した行当《いきあたり》餅屋《もちや》は大いに繁昌した。

　ところがこの辺り一帯は、福岡大空襲によって一面の焼野ヶ原となり、戦災復興事業により道路のつけかえがなされた。そして上洲崎町と麴屋番の間には広い道路ができた。「五〇メーター大通り」と言われた道路は、後に「昭和通り」と言われるようになった。

　このことにより、かつての廻り止の位置は、道路の真ん中になってしまった。紆余曲折を経て、廻り止が旧来の上洲崎町に復興した際、博多祇園山笠振興期成会で協議の上、現在地点に定められたのは昭和二十七年のことだった。

　それではなぜ、ここが山笠の廻り止になったのだろうか。

『博多記』[3]によると、

「寛文年中には六月十三日[4]に山笠揃えがあった。須崎の今、中島借屋となっている所は、町奉行の屋敷だったが、ここに六本ともに揃ってやって来た。普段、山笠揃いは幕だけで絹では飾らないが、町奉行の屋敷に参るときは、絹で飾った。その後に、今いう流《なが》れ舁《が》きがあった。流れ舁きの始まりは寛文年中である」という意味のことが記されている。山笠の実施にあたっては町奉行の許可が必要で、作り山の標題とともに山笠絵図を提出することになっていた。

洲崎町の行き当りの場所は軍事上の重要地点で、町奉行、年行司《ねんぎょうじ》役所が置かれていたという。そういう歴史があって、ここが廻り止になったのだろうか。山笠のコースを見てみると、櫛田神社を出た舁き山笠は、旧博多七流を部分的な箇所をも含めて一通り回り、廻り止に至っている。

そもそも豪華な山・鉾が巡幸する祇園系の祭りは、夏の都市に蔓延する疫病など、悪しきことをひきおこす悪霊を祓って回るのが本義である。博多祇園山笠も流の町々を移動させながら、悪霊を祓うのである。博多祇園山笠の起源は、仁治二（一二四一）年、博多に疫病が流行ったとき、承天寺《じょうてんじ》の開山聖一国師《しょういちこくし》(5)が、津中の人々が舁く施餓鬼棚《せがきだな》に乗って祈禱水をまき、疫病を鎮めたことにあると言われる。

今では、すっかり観光のイベント化し、本来の意味合いは薄れてしまった。だから、新型コロナウイルスが蔓延した令和二年も三年も、多くの人が押し寄せる舁き山笠は中止となり、誰も本気で博多祇園山笠の起源や本義を主張しようとはしなかった。ただ「中止ではなく延期」と主張されてはいるが、泣く泣く、しぶしぶながら、そうせざるを得なかった。

廻り止にゴールした後は〝山ゆすり〟である。流の重鎮、我が大黒流では、表に町総代、見送りに取締各一名が台あがりをし、「祝いめでた」を歌いながら、前と後ろの舁き棒の先を交互に上にやったり下ろしたりする。台あがりが落ちないかとハラハラしながら見守る。そのあと、博多川の方に除けて、山くずしを行う。昭和通りには、人形や杉壁《すいかべ》(6)がなくなって台だけになった舁き山笠に台あがりが乗って、東へ向かって舁いていく山笠が次々に通り、これも、今では見られない見せ場だった。現在は各流の当番町へ帰り、山ゆすり、山くずしが行われている。

台から下ろした人形などは、昔はその場で焼却した。さらに昔には、河口に近いこの場所で海に向かって流していたのかもしれない。だから、行き当たりの場所は廻り止に好都合だったとも言える。同じころ、各町に立てられた飾り山笠も悉《ことごと》く崩される。

このことを評して、「博多の人は潔い」とか「気っぷがいい」と言われたものだが、実は本来、悪霊をいっぱい身につけた人形は、焼却あるいは流し去られるべきものだったのだ。六月末日と大晦日に全国の神社で行われている「大祓《おおはらい》」は、紙で作った人形《ひとがた》で身体の悪いところを撫で息を吹きかけ、焼却したり水に流したりしている。平城京の溝跡でも多数発掘されている人形木簡《ひとがたもっかん》は、奈良時代すでに盛んに同じような儀礼が行われていたことを物語る。流し雛も同義だ。

しかし今では焼却したりはしない。山笠まるごと博物館やホテルのロビーに飾られたり、崩して他地域の山笠に譲渡されたり、人形師が引き取り次の年にリメイクしたり、杉壁やその他の飾りは小分けして「縁起物」として家に持ち帰ったりしている。

祭りは世につれである。時代時代のニーズによって、しなやかにその意味合いややり方を変化させ存続してきた。今や福岡市の観光の大目玉となった博多祇園山笠は、よその人がいつ来ても目にすることができるものであってほしい。本家本元の櫛田神社には、一年中、飾り山笠が設置してある。令和二年、コロナ禍で山笠が行われず淋しい想いをした人々を勇気づけたのは、唯一新しく造り替えられた櫛田神社の飾り山笠だった。

（1）先走りの子どもが持つ長さ一五〇センチほどの板。「〇番山笠　〇〇流　〇〇町」と書かれている。
（2）山笠の台あがりが山笠の運行を指揮する棒。ワラを束ね赤い布でくるんだもの。
（3）原本は享保年間（一七一六～三六年）に博多商人鶴田自反が著した『博多記（博多之記）』。福岡県立図書館旧蔵の「文政八年霜月樋口幸篤書写本」を、昭和三十五（一九六〇）年に衣笠守《きぬがさまもる》が書写したものを、聖福寺一三〇世住持戒應が発起し、三宅酒壺洞《しゅこどう》・筑紫豊らが整理し、昭和三十八年一月五日補装出版したもの。
（4）現在は新暦で七月一～十五日に行われているが、旧暦の時代には六月。
（5）聖一国師円爾弁円は、宋から帰国後の仁治二（一二四一）年に博多に承天寺を開山し、寛元元（一二四三）年に、九条道家の招請で東福寺開山として迎えられた。
（6）山笠の台幕の上に竹で網代《あじろ》を組み、台を取り巻き、その内側に杉の小枝を立て詰めた高さ五〇センチほどの壁。それに囲まれた中に人形などを飾る。

山笠復興の誉

令和二（二〇二〇）年七月一日、博多総鎮守櫛田神社に毎月の如く月参りをした。

この年は新型コロナウイルスの感染拡大により、恒例の博多祇園山笠が延期となり淋しい幕開けの日だった。それでも櫛田神社境内には、ただ一基の飾り山笠《やま》が新調されたというので、お参りをすませて回廊を左に出た。表は中村信喬《しんきょう》[1]氏の「清正公虎退治誉《せいしょうこうとらたいじのほまれ》」、見送りは中村弘峰《ひろみね》氏の「桃太郎鬼退治誉《ももたろうおにたいじのほまれ》」。父子で虎退治と鬼退治の飾り山笠を制作し、「新型コロナウイルス退治の願い」を込められたのだという。もちろんコロナ退治の向こうには、「来年こそは山笠実施」の想いがあることは言うまでもない。お父様のは力強く、息子さんのは可愛らしいながらも気迫に充ちた山笠だった。

「清正公虎退治誉」下絵の包み紙（石村萬盛堂提供）

そして有り難いことに、実家で作っている「祇

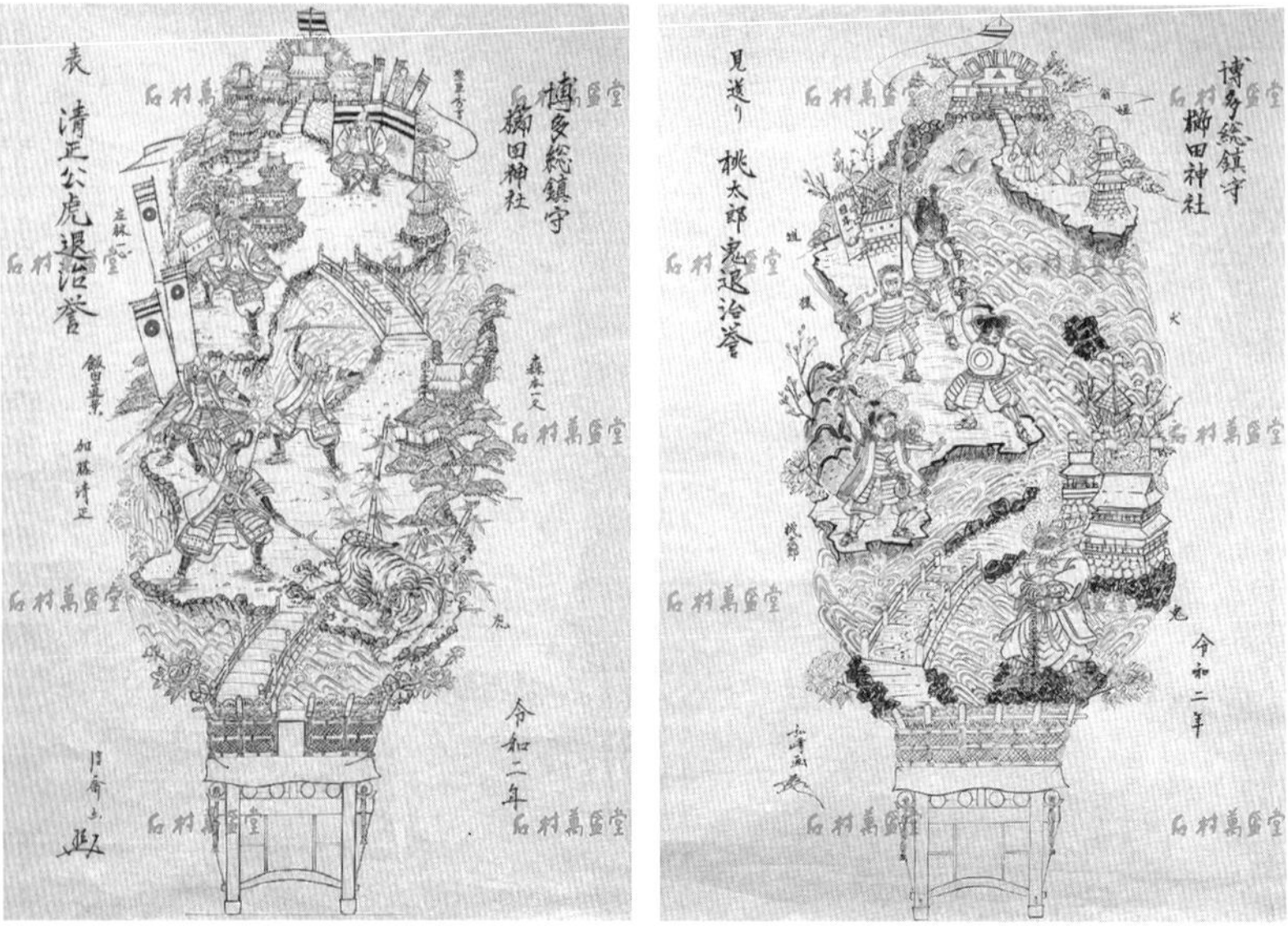

「清正公虎退治誉」（左）と「桃太郎鬼退治誉」の下絵（石村萬盛堂提供）

園饅頭」の包み紙として、その下絵をご提供いただいたのだ。福岡市博物館に陣中見舞いとして差し入れたところ、「山笠が行われなかった年に唯一建てられた飾り山笠の下絵を、名物の饅頭の包み紙にした貴重なもの」として、その包み紙は博物館資料として館蔵品となった。何年か後には、これも貴重な歴史・民俗資料として展示されるのだろうか[2]。

飾り山笠の側のご神木に巻き付いたノウゼンカズラも、博多の人々の情熱を表象するかのよう。そのオレンジ色の美しい花を見あげながら宝物館に入る。宝物館の一番奥のケースに偶然みつけた展示品。それに書かれている文字を見て、目頭が熱くなった。

奉納

大黒流

山笠台棒受一基

此の山笠台棒受は戦後初めて櫛田入神事が復興された年に新調され平成八年まで使用されたものである。本平成九年対馬小路が再び当番町に当たり新たに作成したことを機に先人の心意気を後世に伝える為茲に奉納するものである。

平成九年九月一日

大黒流総務対馬小路　山田正治

由緒

昭和二十四年七月吉祥日

一番山笠　大黒流

表題「復興博多誉」

山笠委員代表

中対馬小路　落石栄吉

製作

台書　上鰯町山笠委員
石村善右
彫刻　下鰯町山笠委員
岡部徳三郎
平成九年九月一日
宮司阿部憲之介謹識

その山笠台棒受には見事な楷書で「大黒流　昭和廿四年七月吉祥日」と書かれている。文字の周りを彫り込んであるので、七十年経った今でもはっきりと見ることができる。

父は能書家だった。山笠の古い写真にも、巨大山笠の標題に「高徳輝千古　石村善右　十二歳」と、子どもとは思えない文字で書いている写真がある。若いころから定評があったのだろうか。

山笠がないといっても、この季節になれば必ず、どの局も山笠番組を制作する。この台棒受を見て間もなく、某局では戦後の復興ということで、昭和二十四（一九四九）年の大黒流をテーマに番組が作られていて、この台棒受が組まれているであろう新調の山笠を櫛田神社に舁き入れする様が放送された。

番組では宝物館の台棒受のことには触れられなかったが、落石栄吉さんは登場された。しかし、もう曾孫さんの時代。昭和二十四年当時の曾祖父様の様子など語り伝えられていないようだった。弟と同級生だったお孫さんのみどりさんは、栄吉さんと同じように奈良屋校区のために活躍された。生きていてくれたらなあと、残念でならない。

栄吉さんは体格もよく、いかにも大店《おおだな》の旦那という風貌で、豪放磊落な人だった。中対馬小路《なかつましょうじ》で創業した実家の筋向いが、落石さんの営む料亭〝やま利〟。父の結婚式などが行われた場所でもある。父は十歳年上の落石さんを兄のように慕っていた。

落石さんは、戦後いち早く空襲で全滅した奈良屋校区のため住宅組合をつくり、戦災者のための応急簡易住宅建設に犠牲的な博多愛をもって尽くされたという。博多塀の復元保存や川上音二郎生誕碑建立なども提唱実現されたが、なかでも山笠・松囃子復興に奔走され、昭和二十四年には博多祇園山笠振興期成会（現在の博多祇園山笠振興会）を結成、初代会長となられ、また博多松ばやし保存会会長も務められた。

博多松囃子は令和二（二〇二〇）年に国の重要無形民俗文化財に指定され、博多の誇りがまた一つ増えたが、それを目指しての調査には、福岡市総合図書館に収められた「落石資料」が大きな力となった。もちろん、山笠も、何かといえば「まず落石さんの資料」である。

昭和二十一年、復興の烽火《のろし》は山笠と松囃子によってあげられた。焼け跡の瓦礫や石を人が通る道筋だけ片付け、松ばやしの傘鉾や恵比須・大黒・福神が通った。まだ馬が調達できず大黒様がハリボテの馬に乗っておられるのも愛嬌だ。戦災で衣装を焼かれた人たちは、紙でつくった、それこそ「紙しも」を着ている。それでもどの顔も笑顔と復興の意気に充ちていた。松囃子・どんたく隊と舁き山笠が一緒に写っているレアな写真もある。

山笠は子ども山笠。台上の飾りにまだ人形はなく、紙に太閤秀吉の絵を描いて横に「みんなの博多 みんなで復興」と書いてある。台あがりは六年生だろうか。鉄砲を振ってイッチョヨマエに指揮している。元気な子どもたちが舁いて、まさに奈良屋小学校の校門を出ようとしている。校舎の窓は、爆風に吹き飛び破れたままだが、次の博多を担う子どもたちは、まちがいなく戦後復興の烽火をあげたのだ。

コロナ禍の二年間、大勢の舁き手、見物人を集める舁き山笠は、密であることこの上もない。じっと我慢の二年間だった。しかし、その復興を願う気持ちは七十五年前と変わらない。

「少しでも、山笠を味わいたい」

令和三年には、十一基の飾り山笠が町々に建てられた。

そして令和四年には、どんたくパレードも復活。「祝うたあ」の声が博多の街に谺し、ぼんち可愛やの声もシャモジの音も復活した。そして夏には、きらびやかな飾り山笠十三基が、福岡 PayPayドームやキャナルシティ博多、新天町など福岡市のあちらこちらで人々を楽しませ、勇壮な「オッショイ」の声も帰ってきた。

（1）中村信喬は、大正六（一九一七）年創業の老舗博多人形「中村人形」の三代目。若いころより京都で修業。人形作家林駒夫（人間国宝）に入門。また人形に限らず陶芸家村田陶苑、能面師北沢一念に師事するなど、幅広い修業を重ね、それは取りも直さず、現在の芸術的で幅広い作風にもつながっている。平成十一（一九九九）年、日本伝統工芸展において、高松宮記念賞を受賞したのをはじめ受賞歴多数。作品は外務省、東京国立近代美術館、金沢21世紀美術館はじめ全国の社寺など、バチカン市国など海外の博物館、寺院にも収蔵されている。

中村弘峰は信喬の長男。東京藝術大学卒業、東京藝術大大学院を修了後、父信喬に師事。「アスリートシリーズ」など、博多人形の新境地を開く作品作りに邁進している。令和二（二〇二〇）年九州芸文館トリエンナーレ大賞受賞他、毎年、受賞を重ねている。令和五年には、第七十回日本伝統工芸展にて朝日新聞社賞を受賞、同年開催された世界水泳福岡２０２３年会場に、舁き山笠を製作したほか屋外の入場ゲート、ライブステージ等のバナーにイラストレーションが採用された。

（2）新収蔵品展にて令和五年十一月七日から六年一月二十八日の間、福岡市博物館に展示。

山笠の鼻取り

やまのはなとり

山笠が博多の町を走らない二年目（二〇二一）の夏、ＮＨＫでは「男たちの棒競《ぼうせ》り」という十八年前の番組を中心に、一本の舁き棒をめぐってその役目を争った二人と、彼らの今を放送していた。

舁き山笠の台には前後に六本ずつの舁き棒があり、外側の左右から、左肩一番、右肩一番、左肩二番、右肩二番、左肩三番、右肩三番となっている。それぞれの棒には二人ずつ、前後で計二十四人、それに「きゅうりがき」と言われる台下左右の部分に二人ずつ、計二十八人の精鋭で舁く。

テレビで採りあげられた東流の参加者は約一〇〇〇人、そのうち五〇〇人が舁き手。櫛田入りの舁き手に選ばれることは大変栄誉なこと。舁き手は舁き入れ前に流の責任者によって選ばれる。一本の棒をめぐって熾烈な競り合いが繰り広げられる。「俺を選べ‼」とばかり肩を見せ、眼光鋭く、ものすごい気迫で選び手に迫る。

番組では、右肩三番の鼻（先端）を競う十年以上もこのポジションを担ってきた三十三歳のベテランと、祖父も父も右肩三番鼻だった、だから自分もと名乗りを上げた十七歳の若者の競り合いが中心だった。この場ではベテランが選ばれたが、やがて若者に取って代わられるときが来た。そのとき、ベテランは、右肩三番鼻で若者が舁く同じ棒の後ろを担い、後ろから色々とアドバイスをし続けたという。

山笠の鼻取りをする父

彼の言葉で印象的だったのは「右肩三番から見る景色は全部頭に入っている。次は曲がるとか、ここでスピードあげるとか。右肩三番以上の仕事はほかの棒に行っても、自分はできない」ということだ。そしてこのポジションを得るために日々筋トレをしている様も取材されていた。

自分の仕事に徹し、誇りと責任を持つ。その姿勢は父も同じだった。父は山笠の鼻取りを長年務めた。鼻取りは、左右の一番棒の先端、表と見送りで計四本取り付けられた鼻縄を手に、いわば船の舵取りの役を担う。四人の呼吸が大事で、体格がよく、力の強いベテランが担った。

福岡市は、那珂川を挟んで東側が町人の町「博多」、西側が武士の町「福岡」で、博多総鎮守櫛田神社の祭りである博多祇園山笠が福岡部に舁き入れられることはなかったのだが、昭和三十七（一九六二）年、福岡市の要望で集団山見せが始まり、期間中一度だけ那珂川を渡ることになった。

その台あがりには、博多の人ではないどこぞの偉い方々が乗られ、どの流にはどなたが台あがりというそのお名前も毎年発表されている。こうなったのも、山笠が段々観光色を強め、もっと広く、もっと多くの人に知ってもらい見てもらったらよいと考えられるようになったからだろうか。

でも、生粋の博多ンモンはどう思っていたのだろうか。

父は常々「台あがりは誰でチャでけるとバイ。ばってが、鼻取りは、小さいときから山笠の中で育って流のこと全部知ったモンやなからなできんとバイ」と言っていた。

父のこのプライドは素晴らしく、そう言うだけあって、山笠の前には自転車で何度もコースを回り点検し、山笠に出る前には、水をかぶって身を清めて臨んでいた。けが人でも出ようものなら、それは鼻取りの責任と強く思っていたらしい。

現在では山笠・松囃子の二大祭礼にのみ生きる流の組織は、博多自治の組織であり、日々のくらしを規範するものであった。江戸期は各町の代表者として町年寄がいたことが知られる。これは現在の町総代にあたるものと考えられる。町総代の意を受け実働部隊を取り仕切るのは三十～四十歳代の「取締」、その補佐に「衛生」がおり、その下に各町十人ほどの「アカテノゴイ（赤手拭）」がいる。

アカテノゴイは山笠のとき、赤い手拭いの鉢巻きを頭に巻いている若者だ。若い娘の憧れの的であり、良い婿の条件でもあった。アカテノゴイは幼いころより山笠に精勤し、町内の冠婚葬祭などに協力を惜しまない若者が選ばれる。学歴や家柄、社会における地位は関係ない。ただ町内への奉仕が問われるのである。アカテノゴイになりたいと思えば、幼いころからの努力を怠らない。

そして流でそれなりの役割を担えるようになれば、それぞれが、自分の役目にプライドを持ち、それを完璧にやろうと努力し、流全体がうまく運ぶことに価値を見いだす。このあたりに博多の町の底力があるのだと思う。

父は、生涯縁の下の力持ち。決して人を押しのけてまで上に立とうとはせず、「山笠の鼻取り」に徹した。その生き方は死後も心ある人々に賞賛された。まさに祖父の遺訓「花もちし人よりよくる小路かな」の心を体現した生き方だった。

謎の水法被

令和三（二〇二一）年の夏、実家から「こちらの法被ご存じでしょうか」と、いきなりLINEで写真が送られてきた。それには「戦前　重要文化財　善太郎　着」という紙と「これは五丁組のはっぴで重要文化財ですから、ボロボロになっても絶対に捨てないで下さい」と書いた紙が取り付けてある。戦前に祖父が着ていたと伝わる水法被に、戦後になって家族の誰かが、「大切なものだから」とこんな注意書きを付したのだろう。それにしても「重要文化財」とはまいったな。たしかに家族にとっては、かけがえのない重要文化財だ。

古びた白い木綿地の法被の背に、藍色で五丁組のマーク。真ん中にある「組」という文字を囲むように配された五つの「丁」の字。はじめて見る図柄だ。表を返すと両襟に「中對（中対）」の文字。水法被は二枚あって、もう一枚には背中にも襟にも「中つ」と染め抜いている。

山笠の法被には二種類ある。舁くときに着る「水法被」と、それ以外のときに羽織る「長法被」。長法被は山笠の正装でもあり、この季節になればどこに出入りするにも、式典のような場面でも着用のままOKである。長法被は、昔は当番町になった際に新調したので「当番法被」とも言われる。

法被の導入は、明治三十一（一八九八）年とされる。

明治五年、博多では松囃子も山笠も、明治新政府の意を受けた福岡県によって禁止との命令が出された。博多の人々はなんとか知恵を絞り、松囃子は明治十一年二月、紀元節行事として復活させたが、山笠は、山笠を舁いた後に行われる「能」の奉納だけが、明治九年から許されたに過ぎなかった。ようやく明治十六年に復活したが、電信線架設のため、以前のように背の高い山笠を舁くことはできなくなった。そして明治三十年、電灯線が張り巡らされると、いよいよ山笠の運行は困難になった。

翌三十一年、博多祇園山笠を廃止するという曽我部道夫福岡県知事の提議に福岡市議会議員の多数が賛成し、あわや市議会で議決という形勢になった。廃止論の根拠は、背の高い山笠がしばしば電線を切る、半裸の男たちが町中を練り回るのは見苦しい、暴飲暴食による不衛生の三点だった。

博多ンモンは猛反発。県庁、市役所に廃止反対の陳情を繰り返し、助けを求められた九州日報の古島一雄主筆は、連日山笠擁護の論陣を張り、最後には古島主筆の取りなしで、舁くときは山笠を低くする、法被を着用するという条件で、決着をみた。

ここから、「飾り山笠」と「舁き山笠」が分けて造られるようになり、法被が本格的に導入されるようになったという。法被には、各町ごと、各流ごとの模様がデザインされ、とてもお洒落。そして、それがそれぞれの町や流の連帯を一層堅固なものとしている。

しかしすでに江戸時代、法被を着用している姿は、絵馬に見られる。福岡市早良区の横山神社にある文政十三（一八三〇）年の「追い山図絵馬」が今のところ最も古い例。櫛田神社にある嘉永七（一八五四）年の大絵馬では、境内を旋回する六つの流とも、台あがりのうち二、三人が法被を着用している。明治初期の古い写真にも揃いの法被を着た姿が写し出されている。二番山笠洲崎（大黒）流、明治二十五年の写真では、現在と同じ図柄の法被を着た中対馬小路の人たちが櫛田入りをしている。

話を始めに戻そう。

祖父は日露戦争の勝利に湧く明治三十八年十二月、博多中対馬小路《なかつましょうじ》角に創業した。その後、考案した鶴乃子の大ヒットによって、大正十二（一九二三）年には上洲崎町の角に新店舗を構えることができた。翌々年には、その向かい、かつて行当餅屋《いきあたりもちや》のあった北隣の地に鶴乃子工場を新築した。

そんなわけで、中対馬小路を表す「中對」「中つ」と染め抜かれた法被は、この間に着用していたものだろうと思われる。

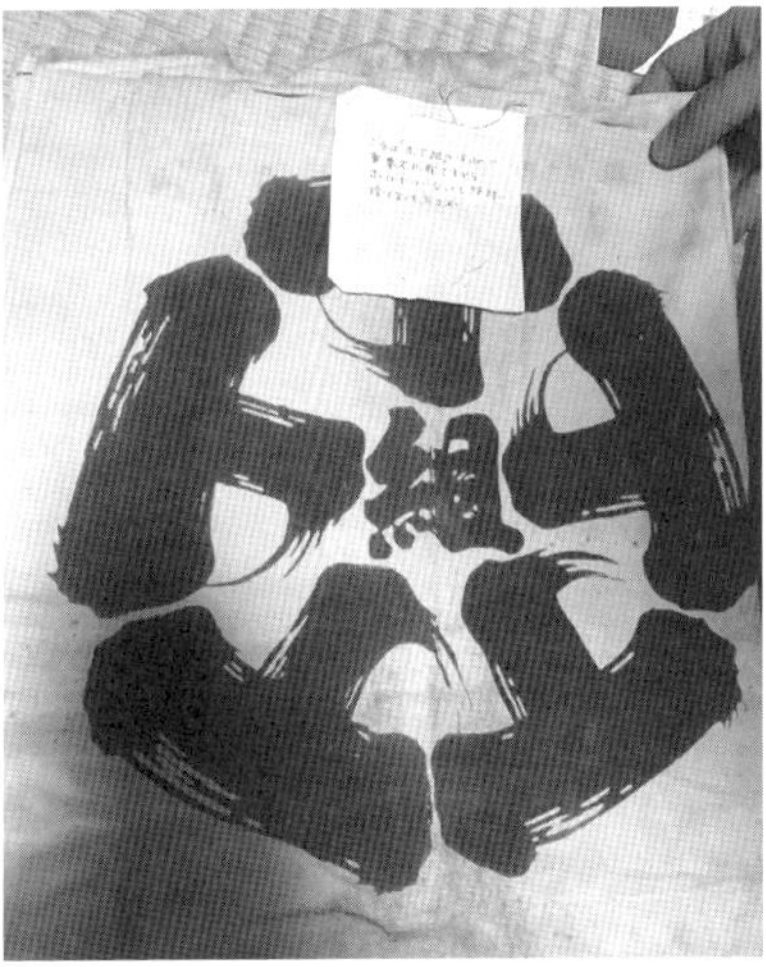

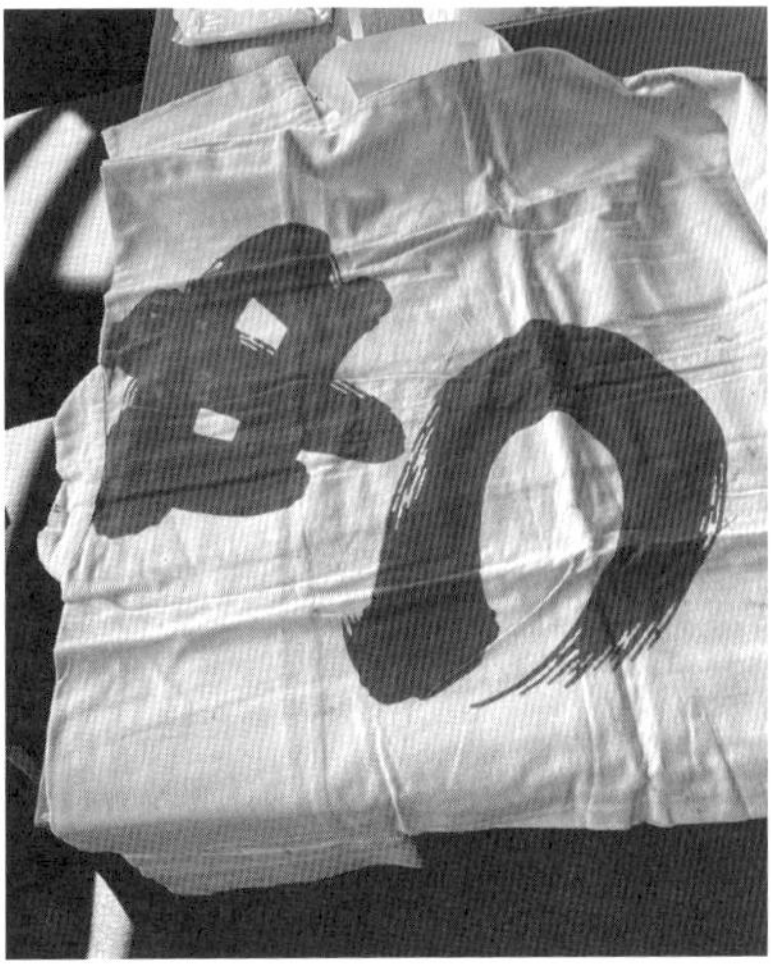

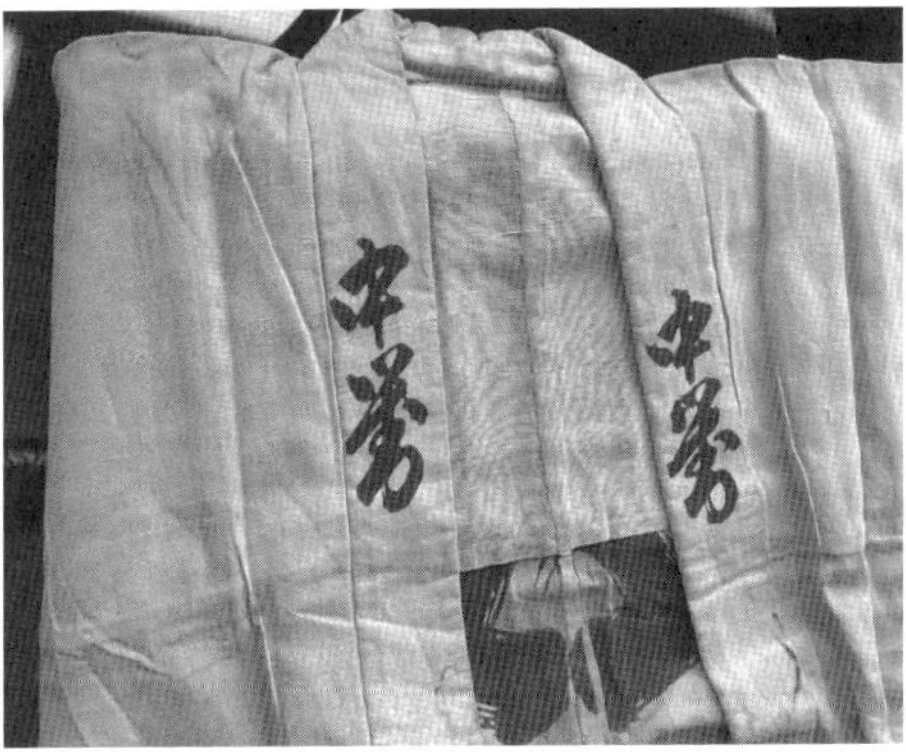

上左：「戦前　重要文化財　善太郎　着」という紙が添えられた法被の写真
上右：背中の「中つ」の文字（中対馬小路の略）
下：襟の中對の字（中対馬小路を表す）

折しも、ISHIMURA FamilyのグループLINEに従兄弟が古い山笠の写真を数枚送ってくれた。

一枚目の写真は「善太郎おじいさん三十八才、善右《ぜんゆう》九才、善左《ぜんざ》生後一二二日目、大正五年」。二枚目は「善太郎おじいさん四十一才、善右十二才、善左四才、善兵衛二才」、三枚目は「善太郎おじいさん四十八才、善左十一才、善兵衛

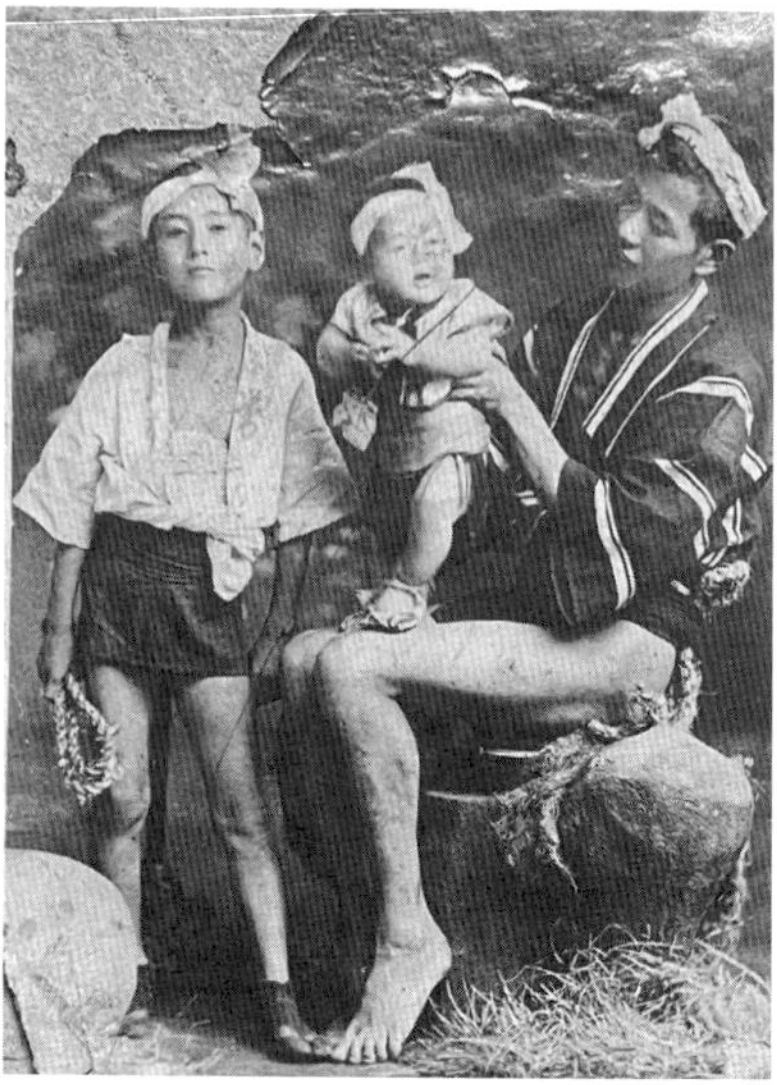

①大正５年（①〜④石村善博提供）

②大正８年

九才、善助三才」、四枚目は大黒流が一番山笠だった昭和三（一九二八）年、男の家族が全員舁き山笠の台の上に並んで写っている。家族はさらに増えて、現在、ファミリーの最長老九十六歳の善治《ぜんじ》叔父さんが善太郎さんの膝の上にチョコンと座って写っている。長男の父善右はもうすっかり大人で、丸縁のメガネをかけている。

現在のように気軽に写真が撮れる時代ではない。山笠に家族の集合写真を撮ることは、おそらく一年に一度の大イベントだったのだろう。家族の数がどんどん増え、それぞれの子どもの成長が、年々に伝わってくる。それが嬉しくてたまらない祖父の心まで伝わって、なんて素敵なことと、心が温かくなる。

写真に写った法被。一枚目と二枚目は中対馬小路。三枚目からは縞模様の間隔が一、二枚目とは

③大正15年

④昭和３年

異なる上洲崎町の法被を着ている。店の移転とも丁度符合する。それにしても、善左叔父さんの几帳面さには驚く。貴重な記録を残してくださったことに唯々感謝だ。

法被に付された紙には、「善太郎着」とあったが、福岡市博物館の河口綾香さんから、「善太郎着と書いてあるけど、善右さんが着られた法被かもしれない」との意外なご指摘。「中對の字が大人の法被にしては上の方過ぎる」「肩上げをしたり、前で結んだりして着せていたのでは？」とのこと。そう言われればもう一枚の法被は「中つ」の字がもっと下にある。そしてそして、一枚目の写真をよく見ると九歳の善右の着ている法被には、襟に「中對」と見え、肩上げをして前で結んでいるのだ」

「これだ！」と叫びたい私に対して、専門家はあくまで慎重。「写真では背中の字が見えないし、五

父と招き板を持つ弟、祖父母

丁組が何だか判明しないことには、あの法被自体、山笠の法被とは断定できない」との結論。「そうだよねえ」。

ちなみに五丁組の図柄も河口さんが見つけてくれた。「たった一箇所ありました！『博多山笠記録』（昭和五十年・博多祇園山笠振興会編）の一九ページ（8）町の章《しるし》の項目です」

はやる気持ちを抑えながらページをめくる。

五丁組の章としては、山形の連続模様「水はっぴ」の背に（大黒流の上・中・下対馬小路、妙楽寺前町、同新町の五丁）。

一行の文字列の中に、五丁組の章をそのまま載せているので、豆粒のように小さい。よくぞ見つけてくれました。やはり現役学芸員は凄い。これで、五丁組が何たるかは判明したが、現在の対馬小路の人に聞いても誰もわかる者はなく、その活動も、この五丁でどう山笠に関わっていたかも、今のところ判明していない。

それにしても、昭和五十年の書物に書かれていることが、今となっては知る人もいない。やはり「昭和は遠くなりにけり」なのであろうか。

不浄の者立ち入るべからず

かつて、山笠小屋《やまごや》に立てられていた「不浄の者立ち入るべからず」の立て札。これが女性蔑視だとされて一部団体から撤廃を求められ、平成十五（二〇〇三）年から全廃された。

このことについて、博多を語る会での一コマ。

男性会員が女性会員に「貴女たちはどう思う？」と訊ねたところ、即座に「私たちゃあ、不浄のもんやら思うとらんモン（不浄の者だなんて思ってないよ）」「だいたい、女のおらなヤマも動かされんめーもん（女がいなかったら山笠も動かせないでしょう）」。

まさにまさに、その通り‼

よくぞ言ってくださいました。

山笠に出るダンナや子どもの締め込みを締めるところから、毎日の法被の洗濯。昔は洗濯機なんてないから、このことだけでも大変な作業。その上、山笠に出ている男が留守の間の商売、家の取り仕切り。直会《なおらい》の準備(1)、全部全部博多の女はごく当たり前にやりこなしてきたのだ。そして山笠に出ているダンナを見れば、かっこいいと思い、家の前を山笠が通れば、一心に勢い水をかけて、男たちを元気づける。

だから男は女に頭が上がらない。山笠が終わったら「放生会《ほうじょうえ》ぎもん（着物）」を新調してやるのが習わしだった。その新しい着物を着て、町内揃って筥崎宮の放生会にお参りした。ちなみに放生会が始まると、博多では夏物の衣類をすべて合い物に替えていた。

ここはナーエー　ここは箱崎　ヤロヤロー
お汐井道よ
右もナーエー　右も左もエー
松ばかりナーエー　ホイホイホイ

長持ちに、幔幕や煮炊きの道具、食器、ごちそうなどを入れ、のどかに長持唄を歌いながら、ゆっくりと参道を進む。

参拝の後は、箱崎松原に町の印の入った幔幕を張り、男も女もワーワーと山笠の打ち上げを楽しんだ。このことを「幕出し」と言った。券番[2]も松原に臨時出張所を出し、幕出しの宴席に興を添えたという。しかし箱崎浜の変貌によって松原がほとんどなくなり、戦前には廃れてしまった。

現在では博多町人文化連盟の人たちが、わずかにその伝統を伝えている。

だから、博多の人は「不浄の者」が女を指すなんて、誰も思ってなかったはずだ。

しかし、山笠小屋の「不浄の者入るべからず」の立て札は、女性蔑視との外部の声に押され廃止された。不浄の者＝女性だと短絡的に決めつけること自体、全く失礼な話だ。

不浄には、黒不浄と赤不浄があり、博多でいう不浄は赤不浄（血の汚《けが》れ）より黒不浄（死の汚れ）を忌むものであったと思う。家族に死者がある者は、現在でも一年間山笠に関わることができない。博多松囃子も当番町の代表宅に死者がある場合は務めることができない。福神流では平成二十八年の当番町西門町《さいもんまち》の代表に忌みがかかったため、流の会議にかけ当番町を中小路町《なかしょうじまち》と交代するという措置が執られた。しかし最近のテレビ番組では、山笠を心待ちにしていた母が最近なくなった、その母に見せるために山笠を舁くのだという人が美談として取り上げられたり、もうかなり大きい女の子が、六年生だからこれで山笠を最後にすると、元気いっぱいの法被姿を披露したり、「はあ⁉」という感じ。こうして世につれ時代につれ日本人の感性も変わり、祭りはそうしなければ存続しなくなりつつあるのだろう。

赤不浄は、お産や月のものの期間、また怪我などによる出血も言った。

九州の修験道のメッカ英彦山《ひこさん》では、山の標高によって四重の聖域圏を設定し、銅《かね》の鳥居、石の鳥居、木の鳥居をそれぞれの結界としていた。石の鳥居から上は修行の空間で、修行に関わる者しか立ち入らない。木の鳥居から上は常寂光土《じょうじゃっこうど》、絶対の聖域でツバを吐くことさえ許されない。銅の鳥居と石の鳥居の間には、山伏の住まい「坊」があって、妻子が同居していた。ただこの区域は産褥《さんじょく》と出血禁制の区域だったので、お産のときは山麓の坂本まで降りて、お産をしなければならなかった。

もちろん全面的に女人禁制の山も多々あり、石童丸(2)のように悲しい物語が伝えられているケースがあるが、そのような山は概して深く大きな山で、何日もかかって登らなければならないか、危険な山、あるいは宗教上の特別な事情によるもののようだ。ちなみに宝満山も女人禁制の歴史はなく、山上の山城に奥方だって籠もっていた。

神聖な神事で幼女と老女が重要な役割を果たす祭りもたくさんある。女は汚れているからすべてダメというのではない。

思うに、出産による死亡率の高かった昔は、人の生き死には表裏一体であり、そのことに対する「慎み」が大事とされたのだろう。ケガレの語源は「気枯れ《けがれ》」。気が枯れて元気がないときは、神様に対しては「謹ん《つつし》」でいなければならない。「忌引き《きび》」は身近な人が亡くなったとき、一定期間喪に服する「服忌《ぶっき》」の風習が今に続くものだ。

「汚れ」なんて漢字を当てるから、なんか汚い者のように蔑視されていると思えるのではないかな。でもあの立て札には「不浄の者」としか書いてなかったな。

祭りには、突き詰めて考えれば「ナンだ?」と思う伝統と称する禁忌《きんき》(タブー)がいろいろとある。たとえば博多祇園山笠ではほかにも、期間中、博多ではキュウリは食べてはならない。これはキュウリの切り口が櫛田神社祇園宮の御神紋に似ているからだという。博多小学校でもこの間には給食にキュウリは出ないという。「博多の伝統を守ること」を教えてもいるのだろうか。今風の考えでよそ者がとやかく言うのは、どこ吹く風だ。

まあ、「不浄の者立ち入るべからず」の立て札があろうがなかろうが、実態はナーモ変わらん。

(1) 古くは若手がしていたというが、私が知ってからは町内のごりょんさんたちが準備した。近年は、仕出しの弁当などで済ますところもある。

(2) 券番は芸妓の取り次ぎや花代と呼ばれる芸妓の出演料の精算などをする事務所のこと。明治二十二(一八八九)年、奈良屋小学校の近くに設けられた相生券番が最初。その後、中洲券番、水茶屋券番(千代町)が設立され、大正時代には新券番、南券番を加えた5つの券番があった。博多芸妓は馬賊芸者などと言われ、大いに活躍・繁栄したが、戦後体制で完全に消滅。

大戦後、中洲、水茶屋が復活。新たに旧券番ができたが、昭和六十(一九八五)年すべての券番が博多券番として統一された。現在、半玉《はんぎょく》(見習い)三名を含め十五名の芸妓が在籍している。櫛田神社前にある「博多伝統芸能館」に本拠を置いている。

(3) 筑前苅萱庄《かるかやのしょう》の松浦党総領・加藤左衛門繁氏《しげうじ》は、仲よさそうに談笑する妻と妾の髪の毛が蛇となって絡まり合っているのを観て、出家し高野山に入った。その子石童丸が十三歳になったとき、母とともに高野山に父を訪ねたが、女人禁制故、母は入山叶わず麓の宿で待ち、石童丸だけが高野山に上った。山中あちこち探し歩き父ではないかと思う僧侶に出逢ったが、父は既に亡くなったという。麓に戻ると長旅で疲れた母も病を得て亡くなっていた。再び高野山に上った石童丸は、件《くだん》の僧侶（実は父）について仏道修行した。父の苅萱道心はついに親子の名乗りをしないまま父子ともに同時刻に往生を遂げ、信濃善光寺の親子地蔵として祀られた。

この物語は高野山の「苅萱堂」を中心に高野聖が唱導し、後に謡曲・説教浄瑠璃・歌舞伎などの題材ともなり、全国にあまねく広がった。この物語の発祥の地博多・太宰府では、石堂川の畔の石堂地蔵に繁氏を授かったことから繁氏の幼名を石堂丸、その子の名前も「石堂丸」と表記する。

我が家のお盆

お盆はご先祖様を迎える日。

十三日の夕方、門口で麻ガラを燃やしてお迎えし、十五日の夜にはまた麻ガラを燃やしてお送りする。お盆が近づくと、今はスーパーなどでも白くて細くて長いものが数本束にして店頭に並ぶ。よそから来た人は、これ何だろう? 何に使うもの? と思うだろう。これが、麻ガラだ。長いのを買ってきて、三〇センチくらいの長さに折って火をつける。その火に乗ってご先祖様が子孫の家に帰っていらっしゃるのだ。麻ガラが燃え尽きる前に、蠟燭に火を移し仏壇に供え、さっそく「ようこそ、いらっしゃいました」のお経をあげる。

門口には家紋の入った白くて丸い絹張りの提灯を灯し、仏壇の前には、まわり灯籠や細長い提灯を飾る。初盆の時は、親戚縁者からいくつも提灯が贈られるが、ことに豪華な絵が描かれ、二メートル前後もある博多提灯は目を引く。この提灯は謝国明[1]を祀る「大楠様」の夏祭りや飢人地蔵の夏祭りなどでも見ることができる。

仏壇には菰《こも》を敷き御霊供膳《おりょうぐぜん》を供える。御霊供膳の料理はすべて精進料理。肉や魚料理はもちろんのこと、ダシをとるにもイリコやかつお節は使わない。昆布と椎茸だけでダシをとる。仏様だけではなく、私たちもお盆の三日間は完全お精進だった。最近は知らずに、御霊供膳をこちら向きにお供えしてあることがしばしばあるが、仏様が召し上がられるのだ。仏様の方を向けてお供えしなければならない。御霊供膳の手前には蓮の葉を敷き、その上に果物や野菜を供える。仏壇の横には、色紙をつなぎ合わせてお施餓鬼《せがき》の旗を作り、無縁仏にも同じようにお供えする。

精進料理は味気ないようだが、それはそれで美味しかった。ことにお盆に決まって作られる黒豆ご飯の味は忘れられない。黒豆を煎って皮を剝ぎ、昆布ダシで炊き上げてある。これにダブと瓜の粕漬けがあれば、何杯でもいける感じ。それとアチャラ漬けという瓜と花麩が主体の酢の物もお盆の定番だった。干し鱈《タラ》もお盆には必ず食べたが、調理は大変だ。一度挑戦したが、柔らかく茹でていく段階でその臭いにやられ、「もうもう……」という感じ。

十三日夕方近くになると、供えたお茶を何度も新たにし、迎えダゴをあげる。迎えダゴは白玉粉を捏《こ》ねて丸めたものに砂糖をかけて供える。送りダゴはあんこをかけた。ただし結婚して五十年、森家は神道なのでこういうことはしない。間違えたらいけないと、飾り方は写真に撮り、細かく記録をつけていた母のノートも、今となっては見あたらない。昔の記憶は曖昧で、確か七度だったとは思うが何度お茶を変えるのか、ダゴが迎えと送りでは違っていたという記憶しかなく、逆だったかもしれないところはお許しいただきたい。送るときにも何度もお茶を変えた。

十五日の夜は、お供えしたものを菰でしっかり包み、博多川の下流の畔《ほとり》にある集積場所に持って行った。初盆の時は西方丸《さいほうまる》に乗せ、船をチャーターして博多湾にこぎ出し、海に流した。西方丸には提灯がいくつも取り付けられていて、しばらくは漆黒の波間に、桃色の灯がゆらゆらと漂うのを見て、亡き父を偲ぶことができた。しかし、二十五年後の母の初盆の時は、葬儀屋の祭壇に小型の西方丸がずらりと並べられ、見知らぬ新仏と合同でお経があげられ、なんか、ため息が出てしまった。

上洲崎町の店で仏様を迎え、お送りする前に、古小烏《ふるこがらす》の祖父母の家に集まって、同じように麻ガラを炊いて仏様を迎え、お送りした。古小烏の庭には、祖父が丹誠込めた夕顔が白い大きな花を咲かせ、それが夕闇迫る中に、何ともいえない風情を醸していた。

家の中には、父の弟の家族も集まり、子どもたちは仏壇の前に並んで座り、おじいちゃんのお経に合わせてお経をあげた。ここでのお経はそう長くなく、すぐに「花の都に至る〜には〜」という詞で始まる和讃にうつった。私も弟もいとこたちも、元気に唱和した。ご先祖様も微笑ましく見ていてくれただろうか。仏様をお送りするとき、おばあちゃんは「何のお構いもしませんで」と何度も言っていた。

それが終わるとしばしお菓子やサイダーで談笑した後に、それぞれの家に帰るのだが、この時決まって「明日は、海水浴やら行ったらいかんバイ」「盆の十六日には地獄の釜の蓋が開くケン、海やら行ったら亡霊から足バ引っ張られるケン」と言われた。「嘘ついたら閻魔《えんま》様にベロ（舌）バ、抜かれるバイ」とも大人たちに脅された。「地獄」「閻魔」はこわーいキーワード。だから十六日に海に近づいたことはなかった。

その十六日に、官内町（現・博多区中呉服町）の海元寺《かいげんじ》で閻魔祭り(2)がある。今なお、閻魔堂に祀られた閻魔様や奪衣婆《だつえば》に無病息災を祈願する人が絶えないという。面白いのは、三途の川で亡者の衣服を奪い、亡者の生前の罪の軽重を計るという奪衣婆のことを、博多では「こんにゃくばあさん」と親しみを込めて呼び、閻魔祭りの日にはこんにゃくをお供えする。奪衣婆の前に置かれた樽には次々にこんにゃくが供えられる。灰汁《あく》で固めて作るこんにゃくをお供えすると、身についた「悪」や「困厄《こんやく》」を取ってくれるという。ことに子どもの病気を治したり、母乳の出を

海元寺閻魔様と奪衣婆

よくしたり、下《しも》の病を取り除いてくれると言われ、子連れのお参りも多かった。

今は平成二十八年に建て替えられた快々《かいかい》とした新しいお堂になっているが、当時の薄暗いお堂に祀られた古びた閻魔様を格子戸からのぞき込み、そのまわりに掛けられた「十王図」に描かれた冥土の様子を見た時は、とても怖く感じたものだった。

今ではビルとなった海元寺の門を入ってすぐの所に、三十三観音様を祀る部分と、閻魔様を祀る部分が区画された一宇のお堂に、彩色も鮮やかな閻魔様が大きな目をギョロッとさせ、その前に手拭いを手に持った奪衣婆が気味悪く座っている。

この閻魔様については、三代藩主黒田光之の臣鎌田九郎兵衛の槍持だった源七（出家名：円心）が、上方のとある辻堂にあった閻魔様の木像の首の部分を博多に持ち帰り、これを安置するために自性院という寺を建てたのが始まりと言われている。元々首だけだったと思うと、そのギョロッとした目がますます凄まじく感じられた。

海元寺と狭い道を挟んで、同じ浄土宗の一行寺と選擇《せんちゃくじ》寺が昔のままに甍を並べている。

時の流れを感じさせる界隈だ。

（1）謝国明は日宋貿易の盛んだった博多に居住した中国人商人「博多綱首」を代表する人物。聖一国師を深く信仰し、承天寺の創建に尽力したことで知られる。弘安三（一二八〇）年十月七日八十八歳で没し、承天寺の東の外れの地に埋葬され、その側らに楠が植えられた。その楠が大樹に生長したことから、町内の子どもたちから「大楠さま」と愛称される遊び場ともなった。夏まつりは八月二十一日、千灯明祭として行われる。

（2）海元寺の閻魔祭りは八月十六日と一月十六日にもある。

いけどうろう

子どもたちにとってのお盆の楽しみは、井戸水でつめたく冷やした西瓜《スイカ》と「いけどうろう」だった。

お盆が近づくとニワ（土間）の片隅に、七五×九〇センチくらいの四角囲いの箱庭を作った。この箱庭のことを「いけどうろう」と言う。いつごろ始まった風習なのか、なぜ「いけどうろう」と言うのかはよくわからないが、貝原好古《かいばらよしふる》の『日本歳時記』には、七月十五日（1）の盂蘭盆会《うらぼんえ》に飾り物の〝箱庭〟を作る風習が全国にある、お地蔵様の浄土を表し、「盆飾り」「とうろう」とも言われる、とある。

お盆に作り、線香や蠟燭を立てたり、大根の輪切りを刳《く》りぬいて菜種油、トウジミを入れ、いけどうろうに灯したりする家もあったところを見ると、この箱庭は盆の供養と深い関係があることがわかる。全国にあった風習が博多にも伝えられたものだろうか。

博多では、箱崎浜や東公園からギンズナ（細かいきれいな砂）をとってきて、箱の中に丘や谷

西島伊三雄「いけどうろう」（アトリエ童画提供）

や川や池を形作り、松苗や枝振りのよい豆盆栽式の樹木などで植え込みを作り、橋や石灯籠や鳥居や祠《ほこら》を配し、土人形を置いた。人形は博多人形師が手《て》遊《すさ》びに作ったもので、摂氏七〇〇度くらいの楽焼きに着色した素朴なひねり人形。いけどうろうの後ろには、忠臣蔵や高田馬場《たかだのばば》の仇討《あだう》ちの場面などのキリヌキ絵が飾られた。絵は和紙の裏打ちがしてあって、それを屏風のように立てた。

　もう大分前になるが、太宰府天満宮の側の発掘現場から、兵隊さんの格好をしたいけどうろうの人形が一箱分ほど出土した。日清・日露戦争の後には川の両岸に兵隊人形を立て、戦わせたりして遊ぶことが流行し、当時のいけどうろうの人形はほとんどこの兵隊人形だったという。しかし、戦後の私たちが作ったいけどうろうには、もはや兵隊さんはなく、一寸法師などお伽話《とぎばなし》の題材が多かったように思う。人形や川にかける橋、樹木のミニチュアなどは、寿通《ことぶきどおり》のはずれにあったマル久玩具で買っていた。

太宰府で、兵隊さんの人形を掘り出した太宰府市教育委員会の発掘技師のお父様山村延燁《のぶあき》(2)さんは、政庁跡にある大宰府展示館の梅花の宴のジオラマで有名になられた博多人形師。早速親子で、太宰府市文化ふれあい館でいけどうろう作りのワークショップを実施。博多町屋ふるさと館でも、「なつかしい」行事として、子どもたちが思い思いに作ったいけどうろうが、人々の郷愁を誘った。

博多ではほとんど行われなくなった「いけどうろう」と同じような箱庭の人形飾りが、箱崎では七月二十三・二十四日の地蔵祭りに盛んに行われている。「人形飾り」は、江戸時代に博多のいけどうろうを真似て行われるようになったというが、一時はかなり衰退していたという。しかし、この行事が寄附集めから箱庭の製作、供養の祭りまで、子どもたちの手で行われていたことに注目した自治会の主だった人々が、子どもの健全育成に良しとして、平成八（一九九六）年から、地域全体での取り組みを始めたという。

箱崎の地蔵祭りは、多々良浜合戦の戦死者の供養のため、あるいは箱崎浜で見つかった遭難者の霊を祀るために始められたと伝えられるが、地域のあちらこちらに「お地蔵様」と言われる石が祀られていて、それを借りてきて、箱庭の中心に据えるのが決まりだという。

漁師町故か、トロ箱に砂を敷き、お地蔵様を据えた前に川を作り、思い思いの人形を飾る。箱崎に住む人形師の弟子たちが素焼きの人形を作り、この時期売っていたという。各家で作られた

箱崎人形飾り

人形飾りは門口に置かれ、花や果物などが供えられる。夕方ともなると、子どもたちが線香を手に家々を廻り、お地蔵様にお参りをする。お参りの済んだ後、手渡されるお菓子が目当てなのかもしれないが。

二日間、箱崎地区は子どもたちのはしゃぎ声と和やかな光景に包まれる。

かつての博多でもこんな光景が見られたのだろうか。私たちの子どものころ、いけどうろうはすでに風前の灯。家の中でひっそり作って、楽しんだという記憶しかない。昭和五十年発行の『博多山笠記録』には、家々に「いけどうろう」を飾り、みなで「博多にわか」をやったとあるから、昔は大変賑わったのだろう。私のささやかな体験でも、「実際にいけどうろうを作ったことがある」なんて言うと、「大変貴重な存在だ」と根掘り葉掘り聞かれたものだ。同年代の人でも、すでに作っていない家が多かったのかもしれない。

（1）ここでいう七月十五日は旧暦。明治以降、一月遅れで盆は八月に行うところがほとんどとなった。

（2）山村延燁（一九三一〜二〇一二年）は福岡市博多区出身の人形作家。幼少期を過ごした東京で、様々な芸術の影響を受け、戦後に博多へ戻り、博多人形師高尾八十二《たかおやそじ》のもとで学ぶ。その後、彫刻家安永良徳《やすながよしのり》の門下生となり、彫刻の技術も学んだ。昭和三十七（一九六二）年の第五回日展入選をはじめ、以降様々な表彰を受けるなど博多人形の第一人者として活躍した。

「梅花の宴」のジオラマは構想と制作に約半年間かけて取り組まれた作品で、人物のしぐさや表情をはじめ、梅の花弁や蕾、庭園の石や地面の土にいたるまで丁寧に仕上げられている。山村氏の歴史関係作品は太宰府市文化ふれあい館（筑前国分寺七重塔模型の僧侶や官人たち）、九州歴史資料館（一階・大宰府政庁中門模型の官人）にもある。

博多の町の夏祭り

春のどんたく、夏の博多祇園山笠、そして博多の町に秋を告げる放生会《ほうじようえ》は博多の三大祭り。令和四（二〇二二）年、どんたく、山笠のほぼ全面再開に次いで、放生会も三年ぶりに開催されることになった。

「万物の生命をいつくしみ殺生を戒め、秋の実りに感謝する」放生会は、筥崎八幡宮で最も重要な祭りであり、コロナ禍の中でも神事は滞りなく行われたのだが、多くの博多の人にとっては、参道に露店が出なければ「放生会」とは言えないのだ。約五〇〇軒も軒を連ねるという露天のなかには、「ひよ子釣り」や「金魚すくい」など祭り本来の趣旨とは真逆なものもあるのだが、「すくって帰って、大切に育ててくだされればよい」との寛大なお計らい。

小学生のころの私の放生会は、本殿にお参りして、回廊に飾ってある行灯《あんどん》を見たら、すぐ連れて帰られていた。回廊には福博の主だった人々が描いた行灯がずらりと掛けられ、「これは誰それさんの」「誰それさんのはあっちにある」なんて言って、知り合いや有名人の作品を楽しんだ。もちろん父は常連で、毎年父の作品を見るのも嬉しかった。

しかし忙しかったのか、教育上よろしくないと思っていたのか、露店の並ぶ参道へは連れて行ってもらえず、したがって一軒一軒を楽しむナンテこともなかった。

私立の中学に通い出した私は俄然行動範囲が広がり、友達と露店の並ぶ広い参道を、ダッコちゃん(1)を腕にとまらせて闊歩した。

再開された放生会。露店の並ぶ箱崎浜参道の様子をテレビは映し出していた。「昭和レトロ感満載」と言っていた。歩くのも困難なほどの人波だ。そしてあのころを彷彿とさせる露店の数々。放生会名物の茎と葉っぱがついたままの新生姜、射的やカルメラ焼き、そして昔ながらのお化け屋敷。どこから出てくるかわからない幽霊に恐る恐る。頭の上から恐ろしい顔が目の前に現れたりすると、もう「キャー、ギャー」と、友達と抱き合う。そんな思い出がフラッシュバックする。

お祭りで怖かったといえば、大浜流灌頂《ながれかんじょう》のとき、通りに掲げられる大灯籠だ。タテ一・八メートル、ヨコ四・四メートルもある大灯籠。

「なんでこげなおどろおどろしい絵ばっかり描いちゃあとかいな。えずカー（恐ろしい）」。

合戦の場面や妖怪などリアルな絵が描かれた大灯籠は、現在は四基しか建てていないが、戦前までは大浜各町の辻々十六ヶ所に建てられ、また通りのあちこちに使い古した蚊帳を張り巡らせて、岩山・森などの背景をつくり、そこに山笠で使った人形などを配置した大仕掛けの造り物が

大浜流灌頂の日の町の様子

つくられ、博多の風物詩として人気を博していたという。戦後も昭和三十年代前半ごろまでは、人形も飾られ、大灯籠も今よりはたくさん立っていた。町を歩けば、何だか地獄に落とされたような気さえした。

大灯籠の絵は、博多最後の絵師海《え》老《び》崎《さき》雪《せつ》渓《けい》(2)の作品「大浜流灌頂大燈籠」として昭和三十三（一九五八）年には福岡県有形民俗文化財に指定されている。名作の迫力はやはり凄い世界観を表現するものだ。

そもそも流灌頂って何？

流灌頂は一般に水死者やお産で亡くなった人の供養のために、流れる水の中に真言や南無阿弥陀仏と書いた塔婆や幡を立て、その文字が消えることで成仏した証とする行事。

博多では、宝暦五（一七五五）年の大風雨

によって、多くの人が博多湾で溺死したり、家の倒壊によって圧死したりした。翌六年には疫病が流行し、またまた多くの人が亡くなった。折しも竪町《たてちょう》浜（現・福岡市博多区大博町八）に隠居庵「知足庵」を結んでいた某大律師《だいりつし》が、これらの人々の霊を供養するため、知足庵に東長寺一山の僧侶たちを招き施餓鬼供養を行ったのが始まりである。

現在は、旧暦七月二十四日から二十六日を新暦にして、一月遅れの八月二十四日から二十六日に行っている。家々の門口には「今月今夜」という文字と趣向を凝らした絵が描かれた花笠灯籠が灯り、道の両側の軒端には提灯が下げられ、あちこちに出店も出されている。大浜流灌頂は、町の変化とともに一時廃れていたが、平成七（一九九五）年のユニバシアードを機に、国際交流や盆踊りなども行い、露店もかつての露天商だけではなく、地域の人たちが思い思いに出店し、明るく賑やかな行事に変貌した。

施餓鬼堂造りは、当番町の最も大事な役割で、知足庵の跡に建てられる。お稲荷さんの倉庫から部材を出して組み立て、二十四日の午前中に東長寺に預けていた大日如来・お不動様・弘法大師の像を迎え、夕刻より東長寺一山の僧侶による施餓鬼供養が行われる。大日如来と不慮の死を遂げた人々を供養する卒塔婆は五色の紐で繋がっている。その周りを初盆の家から持ち寄られた盆提灯が荘厳している。大きな孔雀や牡丹などが描かれた「博多提灯」は圧巻だ。

大浜施餓鬼堂での法要

合戦の様子が描かれた大灯籠や花笠灯籠のような小灯籠は、大浜から南に行った所にある上呉服町、旧普賢堂筋の千灯明でも見ることができる。

小学生のころは、さすがにここまでは遠征しなかったが、宝満山配下の里山伏の寺「叶院」があり、宝満山の研究をするようになってからは度々お世話になった。この寺で七月二十四日に行われる千灯明は、享保十七（一七三二）年の享保の大飢饉で亡くなった人の霊を弔うために始められた。

博多祇園山笠から十日ばかり、まだ山笠の興奮冷めやらぬ旧普賢堂町・上普賢堂町・下普賢堂町・寺中町《じちゅうまち》の人たちは、昔の面影を残す通りの三ヶ所に大灯籠を掲げ、通りに面した家々では、各家が趣向を凝らした小灯籠を飾る。夕刻、叶院本堂で読経が始まり、終わると辻祈禱にでかける。四町の辻々で、法螺貝を吹き般若心経を唱える。住職の後に子どもたちが従い、大きな団扇《うちわ》で住職を煽ぎながら行進する様が微笑ましい。

寺に帰るといよいよ千灯明。

セーントウミョウ、セントウミョウ
キヤシテトモセバ、セントウミョウ
（千灯明、千灯明、消して灯せば、千灯明）

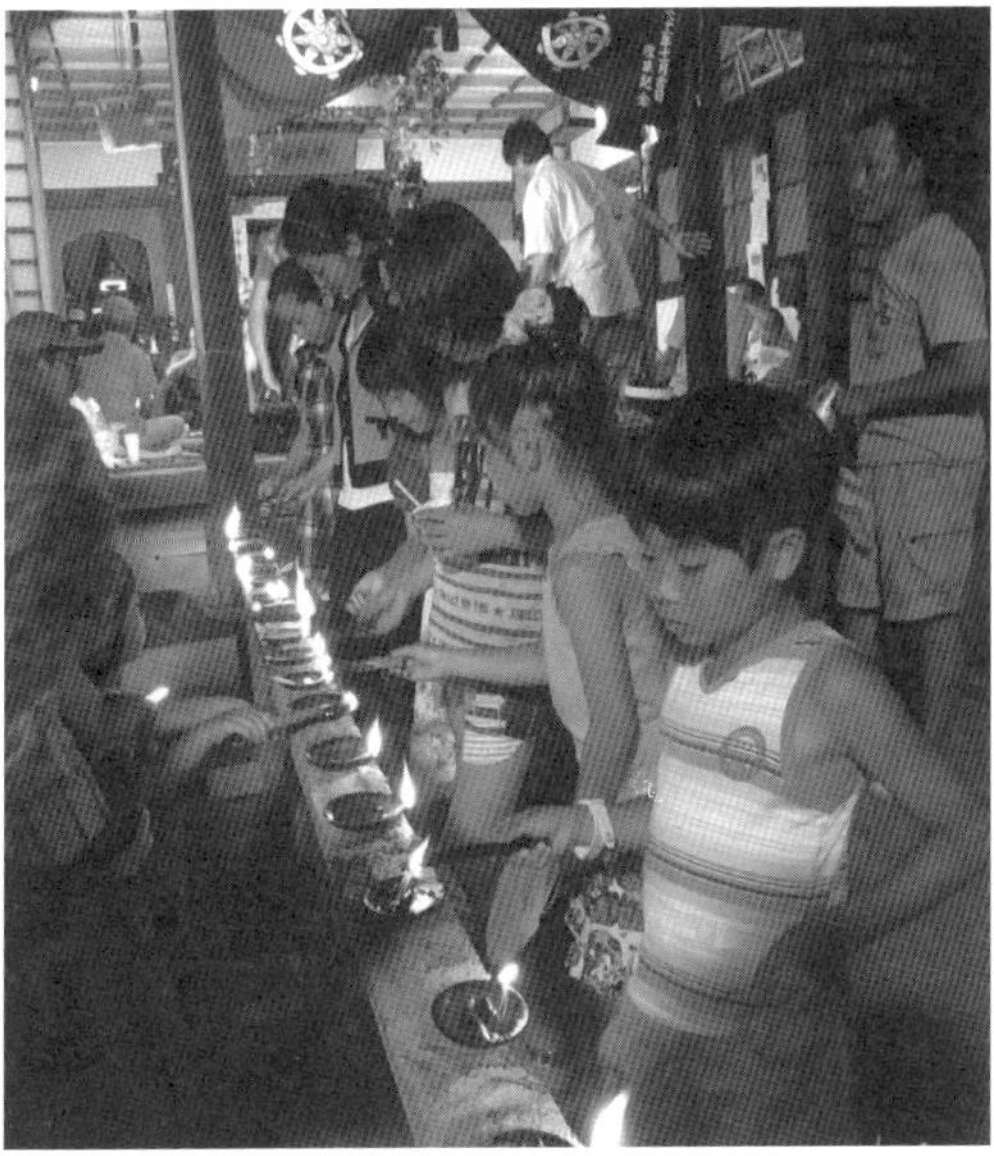
叶院の千灯明

子どもたちは元気に歌いながら、砂を敷いた台に載せられた灯明皿のトウジミに、赤松の小枝で作った点火用松明《たいまつ》で火をつけていく。すると大人たちが横から団扇《うちわ》や扇子で消していく。そうするとまた子どもたちが点火する。狭い境内では千灯明と言われるほどの灯火を一気につけることはできないが、こうしてつけたり消したりすることで、千の灯火が灯されたことになるという。境内や町筋は遅くまで子どもたちの歓声や、ほろ酔い加減の大人たちで賑わう。

真夏の最も暑いとき、町の人々によって灯される千灯明は、様々な災厄で亡くなった人々の御霊を弔うとともに、町のくらしの安寧を祈る願いが込められている。

叶院と大博通りを挟んだところ、博多区冷泉町、旧竹若町にも、江戸時代「博多の北辰《ほくしん》さま」として町の人々の信仰を集めた知楽院という宝満山配下の里山伏の寺があった。明治維新後、宝満山を離れた奥之坊が、大雪に閉じ込められた山伏のくらしを救ったという「塩売り大黒」とともにこの寺に入り、西区小田にあった宝照院を合併して、宝照院と称するようになった。

八月七日、月遅れの七夕の夜、この寺にも千灯明が灯される。割竹に砂を入れた台に貝殻を並べ、油を張り、ジミを浸して灯りを灯す。本堂では護摩祈禱が行われ、宝照院を囲む町では辻祈禱が行われる。竹若町、万行寺前町、箔屋町《はくやまち》の境界の辻八ヶ所で、町の外に向かって、また博多町家ふるさと館などリクエストのある所でも般若心経をあげ、法螺貝を吹く。浴衣を着、提灯を手にした子どもたちも山伏の後ろで町の安寧を祈る。

江戸時代の『筑前歳時図記』にも、博多の町で神職が辻祈禱をする様が描かれている。宝照院では、千灯明は閑《しず》かに灯っているだけ、辻祈禱の方に重きが置かれているようだ。経をあげ法螺貝を吹くことによって、結界が張られた町は、これまでに火事が起こったこともなく、疫病の流行もなく、戦災も免れたという。家屋の密集した都会では、火事や疫病が最も恐れられた。辻祈禱が終わるころ、本堂で熱禱が捧げられた護摩の火も法螺貝の音も、そして千灯明の火も鎮められる。

令和三（二〇二一）年暮れ、宝照院は元の宝満山に帰るとして、博多竹若町から姿を消した[3]。「今年は辻祈禱はどうなるのだろう」との心配をよそに、例年通りにこの町の辻々に法螺貝の音は響いた。どんどんビル化していく町並み。でも、町の安寧を祈る人々の心は変わらないでいてほしい。

宝照院の辻祈禱

叶院からほど近い博多区御供所町《ごくしょまち》、旧上桶屋町《かみおけやまち》の通りの奥にひっそりとお不動さんが祭られている。祭日の提灯などの目印がなければ、誰も気づかずに通り過ぎてしまうような扉を開け、細い通り庭が通り抜けるビルの谷間に、そのお堂は佇んでいる。この辺りに暮らす人々がつくる上桶屋町不動尊講で、毎朝お堂の掃除をし、お供えをしているという。「ただ守ってきているという事実」があるのみで、起源も謂《いわ》れもわからな

上桶屋町不動尊への路地

い片腕の木彫りのお不動さん。でも「このお不動さんのおかげで、この町には火事は起こらないのだ」と、大事にされているお不動さんなのだ。福岡市博物館の見立てでは、江戸時代の行脚僧の手になるものであろうという。円空仏を思わせる素朴な趣のお姿である。お不動さんのお札も世話人が摺る素朴なお札。町内二十軒ほどに配り、火除けのお守りとされる。

七月二十八日、境内に七福神の描かれた幕を張り千灯明が行われる。幕は明治三十五（一九〇二）年四月に上桶屋町若者中が寄進したものを、平成二十三年に京都で修理した立派なもの。幕で囲われた空間に灯明台を置き、蠟燭を立て、お不動さんの火をつけて灯りを灯す。大人たちが消すと、子どもたちが「セーントウミョウ、セントウミョウ……」と歌いながら、柄をとりつけた蠟燭で灯していく。灯したり、消したりを繰り返すうちに夜も更け、子どもたちはお菓子と花火をもらって元気に帰って行く。

今では、実際に千灯明を行う町は少なくなった。昔は博多の各町、ちょっとしたお堂や小祠、お地蔵様や濡れ衣塚などの伝説の地でも、子どもを主体に千灯明が行われていた。

太い青竹を千灯明をする場所に合わせて適当な長さに切り、二つに割ってその中に砂を入れ、ホタテ貝の殻を並べて、それに種油を注いで、トウジミを置き点火する式のものが一般的だったという。つまり宝照院のやり方だ。ほかの二ヶ所もそうだったのだろうが、時代とともに、ホタテ貝など材料の調達が困難になったのかもしれない。

濡衣塚

貝洗い、千灯明の設営、寄附集めなど、すべて子ども組の頭の指導で子どもがやった。今は灯明を消す役は大人がしているが、それも昔は灯すのは女の子、消すのは男の子だったそうだ。

「セーントウミョウ、セントウミョウ、トモシテキヤスガ、セントウミョウ」と男の子が消して回れば、女の子は根気よく「キヤシテ、ツクルガ、セントウミョウ」と点火した。

『博多山笠記録』には、各町の事例が数多く載せられ、夏の夜の子どもの楽しげな様子が目に浮かぶようだ。

古い博多の街では、七月下旬の一年で最も暑い時期の宵、今でもあちらこちらでお地蔵様の小堂に提灯を灯し、夏祭りが行われている。子ども主体で千灯明を行うところは少なくなったが、何らかのかたちで、まだまだ夏の夜の博多情緒は健在なのだ。

(1) 中に空気を入れてふくらませ、腕に抱きつかせるビニール製の人形。昭和三十五(一九六〇)年に発売され爆発的に流行した。

(2) 海老崎雪渓、明治九(一八七六)年、博多古渓町《こけいまち》「海老屋」の次男として生まれる。幼小より画筆に秀で、芥屋町《けやまち》、土居町、上対馬小路に於いて画業に没頭。昭和十六(一九四一)年急性肺炎により没。

(3) 宝照院は、令和五(二〇二三)年六月、宝満山の麓、内山に移転、落慶法要が行われた。

うまかもん

「博多のうわさ」表紙
西島伊三雄画

行当餅 いきあたりもち

日露戦争の勝利に沸く明治三十八（一九〇五）年。その暮れも押し迫った十二月二十五日、祖父石村善太郎は、オッペケペー節で有名な川上音二郎(1)の家の一角を借りて、石村萬盛堂を創業した。それから苦節二十年、大正十二（一九二三）年には、上洲崎町行当たり角に本店を移転することができた。

「この度石村萬盛堂は、上洲崎町行当り角に本店を移転することができ……」当主である善太郎の挨拶文は、長年の苦労がやっと報われた喜びに溢れていた。

尋常小学校卒業間もなく、先祖代々の家業である大工にはなりたくないと、対馬から博多に来ていた職人に誘われるままに対馬に渡って三年、博多に戻ってさらに十年、きびしい菓子職人の修業に耐え、一通りの菓子の製法を学び、ようやく親方から鶏卵素麵《けいらんそうめん》(2)の製法を伝授され、店を持つことを許されたのである。

新婚のごりょんさんと協力して商売はそれなりに順調な滑り出しをしたのだったが、独自な生

石村萬盛堂創業の店舗。川上音二郎の家を借りて開店。川上音二郎は、その家賃を櫛田神社に納めていたという（石村萬盛堂提供）

き方を模索する祖父はそれでは飽き足らない。様々な菓子を考案し、十数種類に及ぶ菓子を作っては売り出し、売っては損をして止めるということが続き、砂糖代が払えない、家賃が払えない状況に陥った。桜の時期には西公園に露店を出し、桜餅を売ったこともあった。夜遅く、まだ小学生だった父善右《ぜんゆう》が赤子の弟を背負って、トボトボと西公園から歩いて帰るのはどんなに切なかったことか。町内の老人からは「貧乏人の借家おり」と蔑《さげす》まれ、菓子組合でも新参者ということでいじめられたという。

　そんな中でも、いつも気になることは、卵の黄身しか使わない鶏卵素麺。使用されない白身が勿体ないということだった。

移転直後の上洲崎町の本店

本店移転の宣伝ポスター
（２枚とも石村萬盛堂提供）

何とかそれを生かす方法は、と試行錯誤と試作を繰り返し誕生したのが「鶴乃子」だ。
マシュマロという洋風の素材で黄身餡を包んだ鶴乃子は、ぐんぐんと売り上げを伸ばしていった。また友人の衣笠《きぬがさ》守《まもる》氏の骨折りで博多駅での販売権を得たことも売り上げを飛躍的に伸ばし、博多土産「鶴乃子」は不動のものとなった。昭和のころまで、博多駅のプラットホームで首から提げた番重《ばんじゆう》に入れて「博多名産〝鶴乃子〟に〝二〇加煎餅〟、ニワカセンペイにツルノコ」と触れ売りしていた姿と声は、今でも脳裏に焼き付いている。

衣笠家の先祖は福岡藩御用絵師で、善太郎は守氏の父衣笠探幽《たんゆう》師に狩野派の絵を習った。特色ある円い鶴乃子の箱は、善太郎が一筆描きし、創作したものである。

当時としてはハイカラな和洋折衷の菓子「鶴乃子」の大ヒットによって、上洲崎町の角に店舗を移した翌々年には、その向かい、東側、行当餅屋のあった地に鶴乃子工場を新築した。台湾檜造り銅張、三階建ての堂々とした工場は、大工を継いでいた弟の惣兵衛が腕を振るった。

善太郎がこれほどまでに喜んだのは、ただ独立した自分の店舗を持てたというだけではないだろう。博多を代表する銘菓を目指す店の立地としては、この場所はこの上もない。現在でも、山笠の廻《まわ》り止《どめ》（決勝点）であることは「ザ・はかた」というイメージを持たせてくれている。祖父がここに本店を開店したころは、現在の昭和通りはまだなく、城下町福岡から那珂川、そして博多川を渡り、橋口町に出る道の続きに、上洲崎町があり、ここから博多本通り掛筋が官内町まで続き、市内一の賑わいを見せていた。橋口町の先は上洲崎町の道がカーブしていて行き当たりになっているので、この辺りを「行当り」とも言った。ここに享保十七（一七三二）年に彦市という者が開店した行当餅屋は大いに繁昌したという。

菓子屋である祖父にとっては、江戸時代から美味しい餅として有名な行当餅屋のあった場所に

玉屋デパートの屋上から海側を見る（戦後間もなく）。鶴乃子の看板が見えるのは石村萬盛堂工場の車庫。右側に工場、左隣は農林中央金庫（石村萬盛堂提供）

店を出せるということは、何にも増して誇らしかったに違いない。

ところで「行当餅」ってどんな餅なんだろう。

残念ながら、現在はどこも作っていないし、どんな餅だったかもわからない。

そこで、『西日本文化』に「昔のスイーツ探し旅」を連載しておられる牛嶋英俊さんにお訊ねしたところ、『石城志』の記述とともに中山徳雄著『餅と箸』（九州女子大学・一九七三年）という書物に、「いきあたり（行当）餅」について書かれている箇所をご教示いただいた。

それには、次のように書かれている。

子どもの頃、日本一おいしい餅菓

子に、いきあたり餅、別名「絹餅」「羽二重餅」というのがあった。が今は全然見かけない。文献によると秀吉の命により博多川端の田原惣兵衛が作ったと言われる。しかし宗湛日記には小原伝右衛門と記され、小原家は今日も川端で写真屋を営んだ実在の家である。

さてこの餅は、〝緑餅〟ともいわれ、よもぎ（蓬）をまぜた餅で、緑色が美しく、その上に松の花粉を振りかけた逸品であった。秀吉の御意を得て「何という菓子か」の問いに「川端菓子」と答えた。黒田時代にはこれを「博多菓子」といって広く人々の好む餅となり、後、小原の川端菓子の職人小島彦市がつくるようになった。その場所の地名から「行当―ゆきあたり―いきあたり」で作られる〝いきあたり餅〟と呼ばれ親しまれたのである。その由来は、博多の旧地形図に原因するもので、行きどまりの家で営業していたからである。（中略）

享保十六年に開始した〝いきあたり餅〟は餡入り、黄な粉まぶし、牛皮鹿の子のような独特の絹餅であった。秘伝は「二度搗き」にあると言われた。

大東亜戦争の空襲時まで、角から二軒目の家に移転し家業に励んだ、小島安兵衛も、時勢上この餅を止め、年末の正月餅の〝賃搗〟に専念した。搗手の若者が疲れないように三味線で調子をつけてリズムにのせたものである。

この餅つきについては、『博多風土記』（小田部博美・一九六九年）にも、師走に博多の家々を廻って、正月餅の賃搗き、曲搗きを始めたのは、小島彦一が元祖で、三味線・太鼓に合わせて歌を唄いながら餅臼の周囲を踊り回って面白おかしい身振りで搗きあげるものだったと記している。

同書に小田部氏は「行當餅は、黒田藩の家臣黒田又左衛門の家来小島喜兵衛の子孫小島彦市がはじめて製造して発売した。当時の行當餅がどんなものだったか定かではないが、拵えてから二、三日は固くならず美味だったから世の嗜好にあって名物になったのだろう」としながらも、享保十六（一七三一）年創業説については、この年が享保の大飢饉の年であり、餅どころではなかったのではないかと疑問を呈しておられる。

また『餅と箸』には、享保十六年に開始した〝いきあたり餅〟は餡入り、黄な粉まぶしとあるところは、明治十六年になって何代目かがつくり出したもの、としておられる。そしてまた『餅と箸』では角から二軒目に移転したとあるが、小田部氏は数軒下《しも》に移転したとある。その跡に祖父は工場を建てたのだろうか。

文献によって微妙に異なる内容。そこでさらに古い文献、明和二（一七六五）年に津田元顧・元貫父子が著した『石城志』を見てみることにした。

行當《ユキアタリ》麋糍《モチ》　享保十七子年（一七三二）より、須崎町彦市といふ者製す。甚だ甜美なり。
中島橋より東へ入る所、行當《あた》りの家なるが故に、行あたり餅と云。

又、彦市餅とも云。

『石城志』で「行當餅」には「糜糍」の字が当ててあるところにヒントがあるかもしれない。前項にある「辻堂餅」は「辻堂餻《つじどうもち》」と表記している。餻はコナモチのこと。それとは違う餅だということ。ちなみに「糜」は「赤苗ノ嘉穀、赤キ粟」、「糍」は「ムシモチ・コメモチ」と辞書にある。「赤い粟を餅生地に練り込んで蒸した餅」という意味になるだろうか。

明治十六年に何代目かの小島彦市が新たに作った餅は黄粉餅だったという。明治十八年の行當餅屋の広告には「菓子商並博多餅鶏卵素麺製造所彦市」とあり、また「御用博多餅」とも記されている。江戸時代までは、福岡藩の御用餅だったのだろうか。いずれにしても作り始めて二百数十年の間に、呼び名も製法も変わってきたのだろう。

しかし「行当餅」という呼び名は不変であった。そこには、博多の人々のこの土地や美味なる餅に対する愛着がそこはかとなく感じられて、微笑ましい気持ちになる。

父善右は、仙厓《せんがい》さん(3)が晩年を過ごした聖福寺(4)の塔頭《たっちゅう》幻住庵《げんじゅうあん》の百丈《ももたけ》韜光《とうこう》和尚から禅と書を学んで以来、仙厓さんを心から敬愛し、一生その作品の収集に努めた。そのコレクションは父が亡くなった後、福岡市美術館に寄贈させていただいたが、その中に、画面下に牛と牛飼い、上に馬の絵を描き「世の中ハ　牛と思へハ　憂けれ共　馬と思　行當餅」と書いた作品がある。牛と憂《う》し、

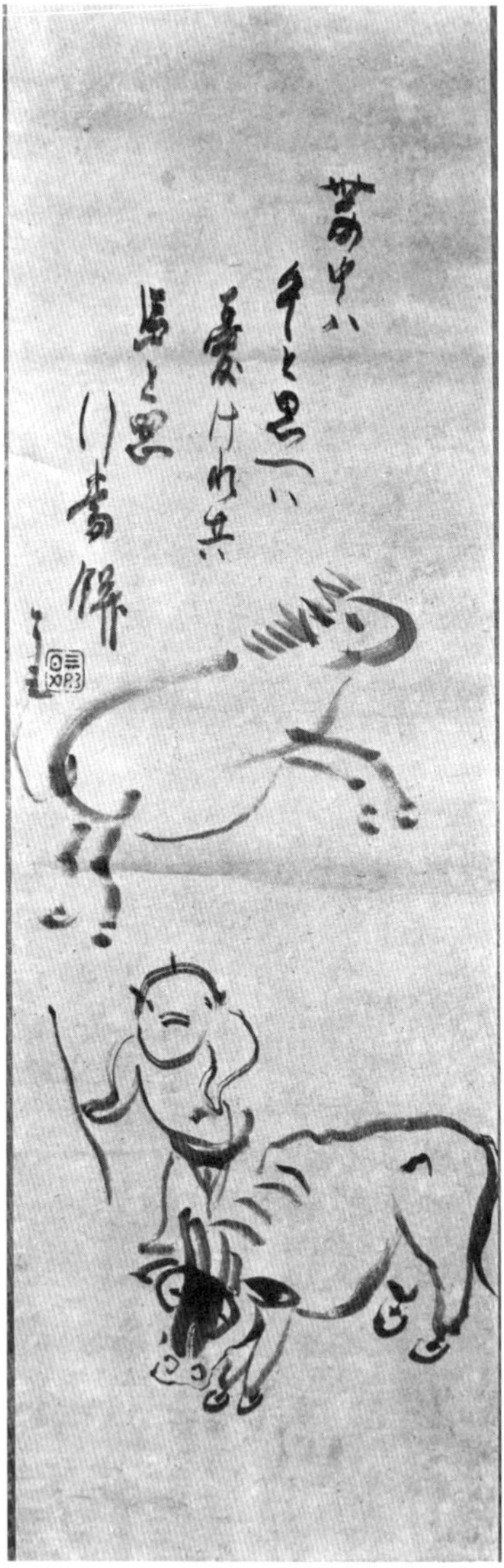

仙厓義梵「牛馬図」（画像提供：福岡市美術館 / DNPartcom）

馬と甘《うま》いをかけて、「世間というものは心の持ちようだよ」と説いているのだが、そのうまいものの引き合いに出されているのが「行當餅」。あまりいろいろ詮索すると、「心の持ちよう。持ちよう。うまければ良いじゃない」という声が聞こえてきそうだ。

（1）元治元（一八六四）年、博多に生まれる。「オッペケペー節」で一世を風靡した興行師・芸術家で新派劇の創始者。十四歳の時に出奔し、大阪、東京と放浪の生活の末、自由党壮士となり「自由童子」と名乗った。明治二十四（一八九一）年、川上書生芝居を旗揚げし、明治二十六年、演劇視察のために渡仏。帰国後「壮絶快絶日清戦争」で大成功を収めた。三十二年、女優で妻の貞奴と共に一座を組織して日本人ではじめて欧米を巡業、大人気を博した。四十三年大阪に純洋風劇場帝国座を建てるなど、わが国近代演劇の発展に貢献。明治四十四年十一月十一日死亡。「いつでも旅回りの役者を見送ることができるよう、駅の近くに葬ってほしい」という遺言によって、承天寺に墓がある。

(2) 卵の黄身を砂糖と蜜を溶かした鍋の中に筋状に流し込んで煮た南蛮菓子。鶏卵素麺は日本三大銘菓の一つと言われる。

(3) 仙厓義梵《せんがいぎぼん》(一七五〇〜一八三七年)。臨済宗古月派の僧。美濃国武儀郡武芸村《みののくにむぎぐんむげむら》(現・岐阜県武儀郡武芸川町)に生まれ、三十九歳で博多聖福寺に入る。寛政元(一七八九)年聖福寺第一二三世の住職となり、以後伽藍の復興と弟子の養成に奔走した。六十三歳で弟子の湛元《たんげん》に住職を譲り塔頭幻住庵の虚白院に隠居してからは、博多の町の人々の中に溶け込み、「博多の仙厓さん」と親しまれた。禅の教えをわかりやすい絵や言葉に表現した仙厓の独自の境地を築き上げた。天保七(一八三六)年、湛元の退任により一二五世として再任。

(4) 福岡市博多区御供所町《ごくしょまち》にある臨済宗の寺。建久六(一一九五)年、宋より帰国した栄西《ようさい》が博多の地に開基した。山門に掲げる後鳥羽上皇の宸筆額「扶桑最初禅窟」は、我が国最初の禅寺という意味。江戸時代に仙厓も住持を務めた。広大な境内全域が国指定史跡。初代玄洋社社長平岡浩太郎、悲劇の宰相広田弘毅らの墓がある。

オキュウト

博多の朝食に欠かせないのはオキュウトだ。

オキュウトは、オキュウト草《ぐさ》を天日干しして、煮溶かして平べったく小判型に固めたもの。オキュウトという変わったひびきを持つ語源は、沖で採れるウド（独活）だとか、沖から来た人が製法を教えてくれたので「沖人」と言うとか、はたまた享保の飢饉の際に作られて「救人」と称されたなどと言われ、〝お救人〟〝沖独活〟〝浮太〟という漢字を当てるというが、そう書いた商品は見たことがない。そもそも昔はパッケージなんかには入ってなく、平たいのをタテに巻いて並べ、朝早く「とわい、オキュウトわい」と「触れ売り」をしていた。グラフィックデザイナーの西島伊三雄さんは小学校のころ、学校に行く前にオキュウト売りをしておられたという。そういえば、触れ売りの声は少年の声が多かったような……。私たち世代はもうあまり使わなかった「とわい」とは、「こんにちは」「おはようさん」というほどの意味。

原料は、「オキュウト草」だと言い慣わしてきたが、オキュウト草とはエゴノリのこと。江戸時代には「うけうと」と言っていた。『筑前国産物絵図帳』(1)に「うけうと」の絵が載っており、その説明に「海中ニ生ズ　枝多ク節々連生ス　薄紫色　久シク煮レバ　化シテ膠凍ト成ル　味佳ナラズ」とあり、エゴノリを煮込めば、オキュウトのようなものになるという認識はあったようだが、美味しくないと書いてあるので、まだまだ商品化されるシロモノではなかったのだろう。おまけに貝原益軒《かいばらえきけん》の『筑前国続風土記』土産考には、海髪《いぎす》の説明として、「イギスには毒があるので食べてはいけない。またイギスの一種に〝うけうと〟という紫色の海藻があるが、これにも毒がある」と書いてある。

しかし、オキュウトはエゴノリにイギスやテングサの天日干ししたものを加え、煮溶かしたものを裏ごしして常温で固めたものという。えっ、私たちは毒を食べているのか？

そもそも貝原益軒の説が正しいのかもわからないし、オキュウトは作るときに数回天日干しと水洗いを繰り返すという。こうした過程の中で毒性もなくなるものとも思われる。

娘婿の長野の実家にご挨拶に行ったとき、たくさん並ぶ手づくりのご馳走の中に、紫色をしたオキュウトによく似た食感のものがあった。「これは何ですか？」とたずねると、「これエゴと言って、海藻を煮詰めて作るんですよ。お祝いやお祭りなど、ハレの日の料理です」とお義母さんの説明。息子の祝のために手間暇かけて作られた、その気持ちに感激するとともに、「長野といえば阿曇野《あずみの》。遠い昔に阿曇族(2)が移り住んだところだ。とすると、このような料理は海人阿曇族がもたらしたものだろうか」と、志賀島と安曇野に想いを馳せて、何だか楽しくなった。

そもそもある種の海藻（紅藻類）を乾燥させ、煮溶かして固めた食品は、古代食に「心太」というのがあり、今でもトコロテンのことを「心太」と表記したりする。

太宰府で、日本風俗史学会九州支部の先生方との共同研究で古代食の再現を試みたとき、古代の「心太」再現にも挑んだ。乾燥した海藻数種を水に浸して、ゴミなどを丁寧にとってきれいに洗って、また水に浸し、水加減して煮溶く。ドロドロになったところで、型に入れて常温で固める。お義母さんに聞いたエゴの作り方も全く同じ。ただ原料がエゴノリのみという。

話がそれてしまったが、博多では、毎朝オキュウトを買い求めては五ミリくらいの幅に刻み、削り節と生醤油をかけて食べる。近年はポン酢をかけて食べるのが定番だとの紹介文をよく目にするが、地の博多の人は「酢醬油やら（なんか／など）かけて食べよった？」「やっぱ、生醤油と削り節よね」と言う。そういえば、便利なポン酢は幼いころにはなかった。今でも夕食にはポン酢を使った様々なオキュウトレシピを楽しんでも、朝食には生醤油と削り節と決まっている。

（1）『筑前国産物帳』は、享保十九（一七三四）年、八代将軍徳川吉宗が諸国に提出を命じ、福岡藩では藩儒竹田定之進、藩医小野玄林が編纂を担当し、元文三（一七三八）年『絵図帳』とともに幕府へ上呈された。

（2）金印（漢委奴国王印）の出土地として知られる志賀島を本拠地とした海人族。早くから本郷を離れ、筑前・壱岐・対馬はもとより本土の津々浦々、隠岐島・伯耆《ほうき》・能登半島などの日本海沿岸、播磨・讃岐・阿波・淡路・摂津など瀬戸内海沿岸、河内・山城・近江などの都の置かれた地、さらには山深い信濃・美濃など内陸深くまで移住している。諸国の地名に散見するアツミ（渥美・温海・厚見・熱見）、アタミ（熱海・阿潭）、アクミ（飽海）なども阿曇氏の開拓地と考えられ、全国のシカ（志賀・四賀・鹿）という地名も「志賀島」に由来するものと考えられる。

『日本書紀』応神天皇三年条に「阿曇連の祖大浜宿禰を海人の宰（統率者）とした」という記事があり、大宰府設置の直接の原因となった白村江の戦いでは阿曇比羅夫《ひらふ》が大将軍として百済《くだら》の王子余豊璋《よほうしょう》を故国に送り届け新羅《しらぎ》と戦っている。その安曇比羅夫を若宮としてお祀りする長野県安曇野の穂高神社は、安曇の祖神穂高見命《ほたかみのみこと》を御祭神とし、北アルプスの名峰穂高岳はこの神の名からきているという。山頂には嶺宮があり、上高地明神池畔に奥三谷がある。本宮の例大祭（九月二十六・二十七日）は「御船祭」とも言われ、大きな船形の山車に穂高人形を飾り付けたものが五艘出て壮観である。

饂飩と蕎麦と饅頭と、そして素麺

うどん発祥の地

承天寺《じょうてんじ》の門をくぐるとすぐ左手に「饂飩蕎麦《うどんそば》発祥之地」、その横には「御饅頭所」の碑が並んで建っている。

私たち博多ンモンは、博多がうどんの発祥地だと信じて疑わない。しかし最近は、香川県が「うどん県」などと称し、讃岐うどんは空海が唐から伝えたのがその発祥、だから日本のうどん発祥之地は讃岐だという。その上、「博多うどんにはコシがない」とまで、全国放送のテレビ番組で再々言われる。

はじめて讃岐うどんを食したのは、もう子どもが小学校に上がって後のことだったから、昭和の終わりか平成の初めごろだったと思う。それまで当地に讃岐うどんの店はあまり見なかった。「なに、これ? ツルッと食べられんヤン」「汁と絡《から》まんし、ナンかモソモソする」。これが第一印象だ。その後、冷凍のうどんが出回ると、固い讃岐系のうどんがどんどん出回るようになり、讃

承天寺に並ぶ３基の碑（左から「饂飩蕎麦発祥之地」「御饅頭所」「満田彌三右衛門」）

岐うどんの店も次々に開店していった。
そもそもうどんは、短時間でツルッと食べられるのが真骨頂。博多うどんが柔らかいのは、商人の町博多で、時間にシビアな商人たちが素早く食べられるよう茹で置いたものを、食べる直前にもう一度うどんテボに入れて湯通しして供するためだ。どんぶりに打ち上げた消化のよい柔らかいうどん麺には、黄金色に透き通ったスメ（出し汁）をかける。店によって秘伝があるのだろうが、煮干し、さば節、鰹節、干しアゴ、昆布などでダシをとり、薄口醤油で仕上げる。その上にゴボ天（牛蒡天）やエビ天、丸天、ワカメ、肉などをトッピングするのだが、それらもすべて下ごしらえしてあり、のせるだけ。ネギや天かすは自席で好きなだけ入れられる。店に入って、食べて出るまで、全くスムーズで二十分とはかからないのも嬉しい。

承天寺

トッピングは最近「ゴボ天」が定番だという。ゴボ天は戦前まで天神にあった「乙ちゃんうどん」が発祥の店といい、川端の「英ちゃんうどん」が後継店であるという。近所でもあるし、英ちゃんうどんはよく食べた。なのに子どものころはスジが口に残るようなゴボ天は敬遠して、丸天うどんばかり食べていた。しかし「栄養的にもいいし」なんて考えて、今はゴボ天ばかりだ。店によって牛蒡の切り方、天ぷらの形状も様々で、ゴボ天めぐりをするのも楽しい。牛蒡も品種改良されたのだろうか、それぞれの店によって工夫しているのだろうか、ホッコリしていて、スジ張ってるという感じはどこの店でもない。

仕事の後輩が、一時ゴボ天の北限を探求して、出張のたびにうどん屋を探し、「岡山までは確認した」なんて言っていた。最近、東京でも博多うどんの店ができているということなので、そこにはもちろんあるだろう。ゴボ天って、どこにでもありそうなのだが、意外に全国的なものではなかったのだ。

聖一国師――山笠も博多織も、エトセトラも

さて、弘法大師（空海）が始めたとするモノ・コトは日本全国あちこちにある。ましてや「出身地の香川県に於いてをや」である。これは信仰のなせる業か。「弘法大師が……」としておけば、「さもありなん」と皆が安心する。そういう偉大な存在なのだ。それと同じく、博多ではやたらと「聖一国師《しょういちこくし》が始めた」とするものが多いのだ。

博多祇園山笠は、聖一国師（円爾《えんに》）が宋から帰国後、博多の市中に流行っていた疫病を退散させるために、弟子が担ぐ施餓鬼棚《せがきだな》に乗り甘露水を振りまいたのが起源だとされている。フジドリームエアラインズが就航してからは、聖一国師の故郷静岡のオクシズ栃沢から水を運び、承天寺前では住職が施餓鬼棚様の台に乗り、この水を勢い水《きおいみず》としてまいている。ちなみに、聖一国師はお茶の種も持ち帰り、これを郷里栃沢の隣部落の足久保に蒔いたと伝えられ、これが全国有数の茶所「静岡茶」の発祥の地とされている。そして近年は聖一国師の誕生日十一月一日を「静岡市お茶の日」としてPRに努めている。九州では臨済宗を開いた栄西が宋より茶の種を持ち帰り、脊振山《せふりさん》に蒔いたという説に消されているが、「所変われば」である。

博多織についても聖一国師は深く関わっている。聖一国師の渡宋に随行した満田弥三右衛門《みつだやぞうえもん》が、

唐織りを伝習して帰国し、独創も加えて博多織として完成させたものという。代表的な献上柄は、密教法具の独鈷《とっこ》と、法要の際散華する花びらを入れる華皿をデザインしたもので、これも聖一国師のアドバイスによるという。

承天寺では聖一国師を日本へ「カン・マン・メン」を伝えた人として、命日には仏前に羊羹・饅頭・うどん（麵）をお供えする。最初に述べた「饂飩蕎麦発祥之地」の碑は、昭和五十六（一九八一）年三月に建てられたもので、碑面の揮毫は東福寺管長大道円明老師。裏に当時の進藤一馬福岡市長が記した碑文があり、聖一国師の宋文化移入の功績について述べ、「その代表的なもの、羹、饅、麵とともに古文書水磨《すいま》の図に残る製粉の原理は、今日の製粉技術の根幹をなすものと言われる粉挽きの技とともに庶民の常食としての粉食の手法の原点を伝承の技として残されました」とある。「古文書水磨の図」は、京都五山の一つ東福寺所蔵の重要文化財「紙本支那禅刹図式」（寺伝「大宋諸山之図」）の中に収められた「明州碧山寺水磨様《みんしゅうへきざんじすいまよう》」のことであり、精米、製粉機の図では我が国最古の貴重なもの。製粉が庶民の間に普及するのは江戸時代になってからだが、うどんの元となる製粉の技術の移入に禅宗僧侶の関与があったことは疑いない。

ところで、三十年ほど前に太宰府で、風俗史学会の先生たちと研究を重ね、古代食を再現したことがあったが、その中に「索餅《さくべい》（むぎなわ）」というものがあった。小麦粉を捏《こ》ねて、細い紐状にしたものをねじり合わせて熱湯に入れて茹でたもの。これをいくつもいくつも作る細かい作業は大変だったが、「これって、うどんの元祖？」と思ったりもした。ほかに小麦粉を使うモノには様々な種類の唐菓子《からがし》がある。これらは、すでに奈良時代以前から日本に伝わっていたと考えられるというから、貴族の間ではすでに粉食はなされていたということだ。ただ、粉を輸入していたものか、日本で製粉からやっていたのか、まではわからない。

諸説あるうどんの起源だが、もう一つの疑問は、そのはじめが平安時代や鎌倉時代だったとして、どういう食べ方をしていたのだろうということだ。古代食の索餅は、酢あるいは醤《ひしお》という調味料をつけて食べた。醤は味噌、醤油の元祖と言われるが、ショーユが文献にはじめて現れるのは十五世紀後半。本格的に作られるようになるのは、安土桃山時代から江戸時代にかけてようやくというところ。「味噌からしたたる液体を偶然美味しいと思ったのが醤油の発見」とも言われるから、うどんもはじめは味噌をつけて食べたのではないかという説もある。また形もワンタンに近いモノだったという説もある。

うどん屋の商い

博多で最初のうどん店は、明治十五（一八八二）年創業の「かろのうろん」と言われる。かろのうろんは「角のうどん」。博多の人は、祖父母もそうだったが、「ど」が発音できず「ろ」と発音していた。櫛田神社の近くの角《かど》っこに今も健在だ。明治十五年が最初の店舗とすると、それまでは博多にうどん屋はなかったのだろうか。

九州大学の福田千鶴さんが「西日本新聞」に書かれていた記事によると、江戸時代の日記にはうどんをよく夜食にしていることが見えるが、福岡藩が福博の店舗にかけた営業税には、素麵屋はあるがうどん屋はないとのこと。日常食としては食べられていても、うどんを食べさせる店はなかったということになる。そういえば現在、うどんを食べさせるうどん屋、蕎麦屋というのは多いが、素麵を食べさせる店は聞かないなあ。営業税をかけられた素麵屋は製造元なのだろうか。

福田千鶴さんが、面白い史料（『博多津要録』）を紹介してくださっている。

延享二（一七四五）年十二月八日の夕刻、博多竪町上番《たてちょうかみばん》でうどんを作って売っていた者が、博多年行司《ねんぎょうじ》柴藤小兵衛に咎められ、商売道具を残らず没収された。「うどん箱一荷と棒、小箱三、徳利一、皿四、七輪一、羽釜一」という内容だ。屋台や椅子はない。昼間であれば問題なかったであろうが、寛文八（一六六八）年、柳町の薩摩屋の炬燵から出火した火事以来、夜、火を使う店は御法度となっていたのだ。

この商売道具から察するに、祝部至善《ほうりしぜん》の画集『明治博多往来図会』にある「きびだんご売り」や「飴湯売り」のように、天秤棒の前後に箱を担ぎ、その中に道具を入れて触れ売りしていたものと思われる。きびだんご売りの箱にも、飴湯売りの箱にも、羽釜と七輪が描いてあり、ホヤホヤのきびだんご、アツアツの飴湯を売っていたようだ。小箱の中身は謎だが、没収されたのが、どんぶりではなく皿ということだから、釜茹でにしたアツアツの麺に、醤油などをかけて食べるという簡単なものだったかもしれない。

蕎麦と謝国明

蕎麦も聖一国師が伝えたことになっているが、それよりも、聖一国師に深く帰依し、承天寺創建の大スポンサーとなった博多綱首《ごうしゅ》(1)謝《しゃ》国明《こくめい》が、飢饉と疫病に苦しめられたある年の瀬、博多の人々に承天寺に集まるように触れ、中国から輸入していたそば粉を「かゆの餅」にして振る舞ったという。これが年越し蕎麦の始まりだという。博多では新しい年の「幸運」を祈るという意味で「運そば」と言う。謝国明が振る舞ったのは「かゆの餅」と言われるから、今のようなスメに入った細長い蕎麦ではなく、「蕎麦がき」のようなものだった。

「きびだんご」(『明治博多往来図会　祝部至善画文集』西日本文化協会発行より)

飢えた人々にはどんなに有り難く、新年に向けての幸運が感じられたことだろう。

私が幼いころは、蕎麦といえば「ざるそば」が主流で、これまた子どもの口には合わなかった。何軒か老舗の蕎麦屋があったが、「出雲そば」とか「信濃そば」とかを標榜しており、私は、ずっとそういう所が発祥の地で、そういう所の名産品だと思っていた。名産品だから専門の老舗蕎麦屋にしかないのだとも。今のようにうどん屋に蕎麦玉も置いていて、どちらかを注文できるという店はほとんどなかったように思う。だから娘時代は蕎麦はほとんど食べたことがなかった。博多の人の多くがそうであるように、「ウドンかソバか」といえば、やはり「うどん」ということになる。ところが、最近は美味しい蕎麦屋が福岡にもたくさんできて、蕎麦をいただく機会も多い。これは嗜好が変わったのか、美味しい蕎麦が工夫されたものだろうか？

饅頭の元祖

饅頭《まんじゆう》のはじめは、南北朝時代に中国より渡ってきた林浄因《りんじょういん》が、奈良で饅頭を製造販売したのが日本初だとする説が一般的だ。これは、白い皮、甘い小豆餡の入ったもので、その子孫は現在の「塩瀬総本家」に繋がるとされている。

しかしそれより一〇〇年以上前に、聖一国師が、托鉢の途中親切にしてもらった茶屋の主人栗《くり》波吉右衛門《はきちえもん》に、お礼として宋で習い覚えた饅頭の製法を教えたのが、日本に於ける饅頭の始まりだという説もある。この饅頭は、酒種を使うことから酒饅頭とも酒皮饅頭とも言われた。ではその皮に包まれた餡はどんなものだったのだろうか。もちろん今の酒皮饅頭には小豆餡が入っているが、鎌倉時代初期には甘い小豆餡はまだなかったのではないか。肉まんや野菜の入ったお焼きのようなものだったのではないかという説もある。

聖一国師は饅頭の製法とともに、栗波吉右衛門に「御饅頭所」という看板を書き与えた。

栗波家では、代々「看板様」に灯明や初穂を供えて礼拝した。承天寺の開山法要の時は「お看板様」の席もちゃんと設《しつら》えられ、寺へ運ばれたという。ところが、この大切な看板様が明治の末ごろ、栗波家の衰退に伴って行方不明になってしまった。しかしその後無事見つけられ、紆余曲折の末、大正十三（一九二四）年に東京の虎屋が買い取ることになったという。一説には、栗波の店の屋号は虎屋と言ったといい、また聖一国師が京都の東福寺に移ってから、ここでも饅頭の製法を伝授し、これが虎屋饅頭になったと言われている。羊羹で有名な虎屋は、明治天皇のご贔屓で、東京遷都の折伴われたという。博多の虎屋と東京の虎屋の関係はわからない。偶然の一致なのか。ともあれ、お看板様は縁深い菓子屋に安住の地を得られている。

素麵も禅寺から

さて最後に、聖一国師との関わりは語られていないが、もう一つの麵の代表格「素麵」についても、博多は大きな位置を占めている。

江戸時代、博多素麺は黒田家から将軍家への暑中見舞いの献上品だった。将軍家だけでなく幕府の主立った人々、長崎奉行、伏見奉行、京都所司代、大坂城代などへまで贈っており、よほどに知られた存在だったのだろう。貝原益軒も『筑前国続風土記』の「土産考」に「素麺他邦に多しと言えども、博多に製するには及ばず。極品はその細なる事縷《いとすじ》のごとく、鮮白にして賞すべし」と絶賛している。

献上品としてばかりでなく、家臣レベルでも博多素麺は、博多練酒《ねりざけ》とともに贈答品として珍重されていた。そんな伝統があるからだろうか。お盆参りの手土産は「素麺」と決まっていた。我が家の仏壇にも素麺の箱がいくつも積んであった。腐るものではないので、いくつあってもその内なくなる。冬には煮麺《にゅうめん》にすればいい。

国人領主原田氏が糸島の高祖《たかす》城にいたとき、高田善四郎という者が、はじめて素麺を製して差し上げ、小早川隆景の養子秀秋の時も、高田の子孫がこれを献じたという。慶長のころ、博多素麺屋の一人が故あって逐電し、伊予国で素麺を製した。これが伊与道後素麺のはじめという。

そもそもなぜ高田家は素麺を作ることができたのだろうか。それについて『石城志』の記事がヒントとなる。「この家の祖菊菴《きくあん》は、元々聖福寺の喝食《かつじき》(2)だったが、聖福寺の胡春塔頭《たっちゅう》の入宋について中国に渡り、經山寺《きんざんじ》に於いて素麺の製法を習って帰り、博多で製造した」という。やはり素麺の製法の伝来にも、博多にあった禅宗寺院が大きく関わっていたのだ。菊菴の父は富田備前という原田氏の家臣だったという。子孫は一時高田を名乗ったが、その後、本姓の富田に戻し素麺屋を続けた。

近代日本画家として知られる富田《とみた》渓仙《けいせん》は、麹屋番《こうじやばん》の人で、最初の絵の師匠は福岡藩御用絵師衣笠守正《きぬがさもりまさ》（探谷《たんこく》）だった。そんなわけで、祖父や父は富田渓仙のことを親しみを込めて「素麺屋」と言っていた。

しかし、博多素麺はなぜか明治十年代には衰退していったという。今となっては、三輪素麺や揖保乃糸、神埼素麺や島原素麺に完全にその地位を奪われ、「博多素麺」と言われても「?」である。

ともあれ、聖一国師が博多にいた期間はごくわずかである。にもかかわらず様々なことの始原が、聖一国師に関連して語られる。必ずしもすべて聖一国師が、というわけではないだろう。数知れない禅僧の代表としてこう言われるのだろう。はたまた門流の人々の彼に対する尊崇の然らしめるところか。なぜなら、聖一国師は花園天皇から日本で最初に「国師号」を授かった人であり、摂政関白であった九条道家に白羽の矢を立てられるほどの卓越した僧侶だったからだ。

博多旧市街に甍《いらか》を並べる禅宗寺院とそこに住した僧侶は、鎌倉・室町時代に於いて、いずれも中国との文化交流、彼の地の先進文化の移入と日本的展開に大きな役割を果たした。博多は当時、貿易や海外文化交流のほとんど日本唯一の港町だったからだ。

今やうどんはファストフードとして大人気。稲庭うどんや五島うどん等々、各地に特色あるうどんがある。饅頭だって、果たして全国に何種類あるのだろう。

ともあれ難しい考察はこのあたりにして、数年前から始まったTNCの「うどんMAP」は、うどんのお兄さん岡澤アキラさんの、元気で爽やか、ツルッツルッと美味しそうに食べる様もあって、うどん人気もうなぎ登りだ。ちょっと前までは、「博多に来て食べたいものは」の定番だった○○ラーメンが、今や△△のうどんに取って代わられそうな勢い。福岡県にはこんなにも様々なうどんがあるのかと驚かされもする。

「うどん‼ うどん‼ うどん‼」子どもたちと一緒にうどん体操をし、単純に博多発祥のうどんを楽しみましょう。

（1）博多唐房に居住し、船を所有して日宋貿易に従事した宋人。
（2）禅寺で、僧たちに食事を知らせ、食事の種類や進め方を告げること。またその役目をした有髪の少年。後には稚児の意となった。

妙楽寺と外郎

みょうらくじとういろう

博多旧市街

円覚寺

承天寺を出て浜側に向かう。大きな通りを渡り、乳峰禅寺を右手に見ながら、一直線の道に入る。道の左手には、ハカタ・リバイバル・プランが電柱に取り付けた「はかた博物館」がずらりと並び、附近の名所ゆかりのエピソードが書かれていて、それを見て回るだけでも楽しい散策ができる。父の『仙厓百話』のなかからもいくつか逸話を採用してくださっている。

道の右手には妙楽寺、南方流茶道で知られる円覚寺、扶桑最初の禅窟聖福寺へと禅宗の古刹が並び、明治通りを渡れば日蓮宗や浄土宗の寺々の間

妙楽寺

を通って、やがて平安仏の阿弥陀如来をご本尊とする選擇寺《せんちゃくじ》から、歴史研究駆け出しのころ、大変お世話になった裏辻憲道先生の一行寺を経て、閻《えん》魔《ま》様の海元寺《かいげんじ》へと至る。現在「博多旧市街」とネーミングされた所の中心市街だ。

なぜ、こんなにお寺ばかりが並んでいるのだろう。それは、黒田長政が筑前入国後、宗教政策と博多の町の防御をかねて、前時代に博多市中の諸所にあり、戦乱に焼けた寺院などを石堂川沿いに復興させたためという。その代表格が妙楽寺と言えようか。

妙楽寺

妙楽寺は乳峰禅寺の角を曲がって、博多旧市街に入ると最初に現れる寺だ。堂々とした山門に「石《せき》城山《じょうざん》」の扁額を掲げ、門柱に「妙楽禅寺」とある。

門前にある博多旧市街・博多寺社めぐりコースの説明板には次のように書かれている。

正和五（一三一六）年の開基とされ、山号を石城山と号します。山号の由来は、当時海浜の石塁上に堂々営構された当寺が、海上から見るとまるで石城のように見えたことにちなむものです。創建当時は博多湾岸の沖の浜にあり、遣明使一行が宿泊するなど、重要な外交施設の一つでした。その後戦乱により荒廃しましたが、福岡藩初代藩主黒田長政の入国後、この地に移転されました。墓所には黒田家重臣の墓石が立ち並び、博多の豪商神屋宗湛の墓が残ります。

奈良屋小学校への通学路近くに「妙楽寺町」という町があった。しかし、昭和三十七（一九六二）年に公布・施行された住居表示に関する法律を受けて、博多では昭和四十一年、町界町名整理事業がなされ、南側にあった古門戸町と一緒の名となってしまった。住居表示は確かに便利だが、歴史や伝統の生き証人である町の名を消してしまう。太宰府市でも最初から最後まで、住居表示の委員会の委員を務めたが、毎回、大変な反対にあい、自分の力のなさを痛感させられたものだった。もちろん博多では、旧町は山笠を実施する「流《ながれ》」の基礎であり、旧町名をなくすことは祭りそのもの、博多そのものの存続にも関わりかねない。より切実な問題だ。もちろん町を挙げて大反対運動が展開されたが、聞き入れられるものではない。それでも、何とか工夫を重ねて山笠は、ますます盛んに続いているから、結果オーライなのか。

でも、なつかしい「上洲」や「麴」の法被ではなく、「すの一」とか書いた水法被を見ると、「何だかな」と思ってしまうのは年のせいなのだろう。

全く話がそれてしまった。妙楽寺へ戻さなければ。

寺前の説明板を少し補足すると、

妙楽寺の開基は月堂宗規《げつどうそうき》。妙楽寺のあった所は当時は浜辺で、側に元寇防塁《げんこうぼうるい》が築かれていたことから、「石城山《せきじょうざん》妙楽寺円満禅寺」と号した。奈良屋小学校が博多小学校へ建て替わるときの発掘調査でも、元寇防塁が出土した。妙楽寺があった部分とすぐ近く、一続きの防塁なのだろう。まだ神屋宗湛の屋敷もない頃の美しい海岸線に累々と連なる石城の様を思い浮かべてみる。

妙楽寺は外門を潮音閣と言い、山門を呑碧楼《どんぺきろう》と言った。

石城楼上欄干による　万里秋空一碧《いっぺき》を呑む　龍は黒雲を巻て洞府に帰り
日は黄道《こうどう》（太陽の運行する道）を行きて金盆に落つ

秋の夕べ、龍は黒雲を巻いて洞穴に帰り、夕日は金色に輝く博多湾に沈んでいく。そんな息を呑むような光景を、豪壮な呑碧楼の上から眺めた中国僧は、このように詩に詠じている。

妙楽寺は、重要な外交の場でもあり、中国僧と日本人の遣明使との詩のやり取りといった社交も行われていた。この寺に、海外に雄飛した神屋《かみや》宗湛《そうたん》、末次興善《こうぜん》、伊藤小左衛門《こざえもん》といった博多の豪商たちの墓が多いのも宜《むべ》なるかなである。

ういろう伝来の地

そんな古い歴史より、現在この寺を有名にしているのは「ういろう」である。

今や「ういろう」といえば、名古屋の代表的なお土産、山口のも有名だ。阿波ういろは、十一代将軍徳川家斉の時代からある郷土食で、三月三日のひな祭りや山や海に遊びに行くときの遊山箱に巻き寿司などとともに入れたという。年中行事につきものといえば、水無月祓《みなづきばらい》（六月三十日）に作る「水無月」は、今では全国どこの菓子屋でも作って売っているが、はじめて食べたのは学生時代。京都の親戚の家で、「これ水無月と言って、六月大祓の時はこれを作って食べるんよ」と出された三角形のお菓子だった。悪魔払いの小豆が敷き詰められた下は外郎生地だ。つまり、元々はこれも郷土食だったのだ。つい近年、博多でも妙楽寺が官内町の老舗光安青霞園茶舗とテレビチャンピオンのフレンチシェフ優勝者・筑前堀女将「NORIKOシェフ」とコラボして新銘菓「博多ういろう」を完成させた話が話題となった。

「ういろう伝来之地」碑

というわけで、お菓子の外郎《ういろう》にも長い歴史があるのだが、妙楽寺に建っている金文字も鮮やかな「ういろう伝来之地」の碑に言う「ういろう」は、菓子の外郎ではなく、「透頂香」という薬で、消化器疾患、口中清涼用に効能のある丸薬のことである。この薬を伝えた陳延祐宗敬は、元朝につかえ礼部員外郎《らいぶいんういろう》であったことから、陳外郎《ちんういろう》と呼ばれ、薬も「ういろう」と言われたのである。

この薬を伝えたと言われる医師陳延祐宗敬は、元が滅亡したため日本に渡って妙楽寺に身を寄せたという。その子陳外郎大年宗奇は明に渡って医学を修め、足利義満に召され、透頂香とともに菓子の「ういろう」も献上したという

この夏の博多祇園山笠飾り山笠の標題は歌舞伎の演目がやたら多かった。なかでも、走る飾り山笠として知られる上川端通の飾り山笠は「外郎売」を標題とし、見事櫛田入りを果たした。

何故、歌舞伎なのか。それは、九月一日から十七日の間、博多座で行われた十三代目市川團十

郎白猿襲名披露を祝ってのことであった。

　歌舞伎の「外郎売」は、二代目市川團十郎が、声が出なくなる病気にかかったとき、声がれによいと評判の小田原の外郎家の「ういろう」を飲んでよくなった御礼に制作、享保三（一七一八）年正月、江戸の森田座で初演した歌舞伎十八番の一つ。外郎売に扮し、口中が爽やかになり、舌がよくまわるという薬の効用を証明するため、長台詞《ながせりふ》をまくしたて大喝采を博した。いわば同家のお家芸である。この台詞は現在でもアナウンサーの滑舌のための訓練や早口言葉として親しまれている。また小田原には、この外郎売の台詞を伝える「外郎売の口上研究会」が活発に活動し、今年も第十九回「外郎売の口上まつり」が開催され、子どもからシルバーまで大いに盛り上がったようだ。外郎家は陳外郎宗奇の子孫が京都より北条早雲に招かれ小田原に移住、代々「外郎藤右衛門」を襲名し、現在も製造販売している。店には、代々の市川團十郎家との縁を伝える品々を展示した博物館もある。

　現在の「外郎売」は、十二代目團十郎が復活させたものが上演されているという。実は友達の絵本作家長野ヒデ子さんが、明治大学の斎藤孝先生編の絵本『外郎売』の絵を担当している。迫力があって、とても楽しい絵。一気に外郎売の世界へ引き込まれる。この本の絵を描くために、十二代團十郎にも会って、様々なお話しを聞いたという。「外郎売」復活上演は、「この薬を飲んで病がよくなった二代目にあやかりたいという想いがあったのではないかしら」と当時の團十郎を思い出しながら、長野さんはしみじみ語ってくれた。十二代は白血病から再起したとき、復帰公演でこの「外郎売」を演じたのだった。

今回の博多座では、孫の八代目市川新之助が立派に演じた。「あの勸玄君が！」と思わず涙が。博多座では、八代目新之助の父親、つまり十三代目團十郎が、平成十三（二〇〇一）年、市川新之助の時代に演じ、その際「ういろう伝来」の寺を訪ねたことが話題になった。今回も、そういうことがあるといいな。

お正月を迎える

お正月は歳神様を迎え、その年が多幸であるように願う大切な日。だから、家中を清め新ため、鏡餅を飾って、晴れ着(1)を着て歳神様を迎えるのだ。福岡近辺では十二月三日の「えびす市」で正月用品を揃えた。全国的に見て、恵比須祭りには、東公園の十日恵比須のように一月十日を中心に盛大に行われる場合もあるが、博多近辺では櫛田神社の夫婦恵比須もそうであるように、十二月三日に祭りが行われる場合が主流だ。

現在十一月十五日から二十日の間行われている「せいもん払い」(誓文晴)は、商家が一年の感謝を込めて行う掛け値無しの大売り出し、博多の風物詩として定着しており、バーゲンセールの先駆けとも言われる。その始まりは、下川端町の漬物商八尋利兵衛が関西のえびす市にヒントを得て博多流にアレンジし、明治十二（一八七九）年十二月三日の恵比須祭りの日に始めたことだとされている。近隣の町・村でもえびす市が立ち、正月に新調しなければならないものはこの市で揃えるのが昭和時代ごろまでは通常だった。戦後の商店街、博多五町や新天町のせいもん払いでは、正月の晴れ着などを調えていたと思う。

師走の二十日ともなると本格的に正月の準備にかかる。まずは大掃除。普段手の届かないところの埃を払い、ガラス窓から、台所、各部屋へと隅々まで磨きあげる。「こんな寒くて動きづらいときに大掃除をせず、五月など季候のよいときにしましょう」と、テレビで家事評論家が言っていた。もちろん、それに異論を唱える出演者などいない。みんな「なるほど」という表情。本当にそれが定着すればどんなに楽か。でもそうはならないところが、長い伝統なのか、清々しい気持ちで新しい年を迎えたいという日本人の共通の感覚なのか。相変わらず暮れになると大掃除指南の番組を見、いやいやでも「大掃除しなくちゃあ」と誰もが思うのである。

餅つきはだいたい二十六〜二十八日に行った。二十九日は「クモチ（苦餅）」と言って、餅つきはしないし、大晦日に鏡餅など正月飾りをすることも「一夜飾りはいけない」と言って、三十日までには済まさなければならなかった。

餅は「餅つきさん」に搗いてもらう家もあったが、我が家は古小烏《ふるこがらす》の祖父の家に親戚中が集まって餅つきをした。叔母たちがせいろで蒸したもち米を臼に入れ、叔父たちが交代で搗く、叔母が捏《こ》ねる。搗き上がったものを孫たちが粉にまみれながら、はしゃぎながら丸めていく。搗き上がったところで大根餅にして食べたり、最後の一臼は、塩味の小豆にまぶして大きくちぎり「突き上げ餅」として食べた。できあがった餅はモロブタ(2)に取り粉をまいて並べ乾かした。

餅が乾くと、母は神棚や玄関、店や工場の機械の上にまで、鏡餅や小餅ぶとり(3)の重ねを供えて回る。三方に半紙を敷き、二つ重ねる餅と餅の間にモロムキ(モロムク)、ユズリハを挟み、上には橙とお年玉を載せた。シンプルだがそれぞれに意味がある。モロムキは裏白シダのこと、「諸向き」を意味し、すべてが良いように向かうようにという意味、ユズリハは親から子へと順調に家業が譲られることを願い、橙も同じような意味で、代々子孫が続くようにとの縁起物。橙が載せられない小餅ぶとりの重ねには小ミカンが載せられた。お年玉は米と昆布・スルメの小さく切ったものを半紙で包み、紅白の紐で結んだもの。干し柿を載せる家もある。歳神様からのプレゼントだ。

注連縄《しめなわ》は、縄の根元を家の外側から見て右になるように張る。我が家では「大おろし」を玄関や倉庫の入口に掲げ、鶴の形をした輪飾り「ツル」は、工場の機械や車などに飾った。いちばん大変だったのが「シャクシ」という輪じめ。これの柄になった部分にお年玉・ユズリハ・モロムキ・小ミカンをくくりつける手伝いをさせられていた。これが七、八十もあり、子ども心に毎年ウンザリさせられた。トイレ、小部屋の入口、風呂、炊事場、水道の蛇口まで、家や店や工場の至る所に飾って回った。

大晦日は、おせち作り、雑煮の準備である。「正月に掃除をすると福の神を掃き出すことになる」と言って、元旦には掃除をしないので、大晦日には入念に掃除した。

すべてが整うと、博多の人々は旧博多駅の近くにある厄八幡（若八幡神社）に一年の厄落としのお詣りにでかけたというが、我が家は行ったことがない。大晦日の風習といえば「運そば」を食べるくらいだった。博多では「年越しそば」と言わず「運そば」と言う。

さて、除夜の鐘を聞くと、家長たる父は「若水」を汲む。そしてその若水で神棚の榊の水を替えた。夜が明けると若水で顔を洗い、新しい服（ハレ着）に着替えて神棚や仏壇に手を合わせ、家族全員お膳につき、縁起物として「大福茶《おおぶくちゃ》」をいただいた。若水で入れる番茶だ。

その後にお屠蘇を回し、お雑煮となる。お屠蘇は前の日に、屠蘇器に入れた御酒に本ミリンを入れ、屠蘇散として売っている薬草をブレンドしたパックを入れて作る。お屠蘇は、父から長男へと回り、次は女たちが年の順にいただいた。お雑煮が配られる間、膳にはすでに歯固め、紅白ナマスが載せられている。近頃の子は、お餅をあまり好まないが、昔は「年の数食べる」と頑張ったものだ。

雑煮がすむと菩提寺に向かった。「正月早々墓参り」というのも〝何だか〟なのだが、博多を語る会を主催しておられた波多江五兵衛さんも「正月に墓参りとは、そぐわないようですが、古風な博多の家々では意外とキチンと続けられているようです」と書いておられるので、我が家の特別の信仰によるものではないと安心した。やはりお正月に、ご先祖様に挨拶することは大事なことなのだ。それから氏神様にお詣りだ。菩提寺萬行寺は氏神様〝お櫛田さま〟のすぐ横。この両

古小烏の家の庭にて。祖父母の家族集合写真（昭和18年正月。石村善博提供）

方にお詣りして、清々しい気持ちになる。

　二日は、古小烏の祖父の家に一族が集まる。正月の床の間には、華道師範でもあった祖母が見事な立華を生け、日の出鶴の掛け軸がかけてあった。座敷の角には、松竹梅を描いた墨絵の大きな屏風が飾られていた。日の出鶴は萱島《かやしま》秀峰《しゅうほう》作、松竹梅は吉嗣鼓山《よしつぐこざん》のものだったと、つい最近になって知る。

　座敷の上座に祖父母。そして父の兄弟が年齢順に漆塗りの猫足膳についた。子どもたちは、ケヤキの一間廊下に置かれたテーブルを囲んだ。また一間廊下には串刺しにした雑煮の具、雑煮の汁を入れた鍋をかけた七輪、餅を茹でる湯をかけた七輪が置かれ、母や叔母たちは、そこで忙しくお給仕をした。

　全員がお屠蘇をいただくと、本膳についた

人たちは、「四海波《しかいなみ》」や「鶴亀」など新年を寿《ことほ》ぐ謡曲を次々に謡った。そしてお雑煮をいただきながら楽しい談笑、子どもたちには祖父母からお年玉が渡された。このお年玉は、普通に言うお年玉。小遣い銭に子どもたちは目を輝かせた。

一段落つくと、それぞれの家族に分かれて初詣だ。まずは、すぐ近くの小烏《こがらす》神社。何段もある石段を競走で駆け上り、息弾ませながら本殿にお詣り。博多の氏神櫛田神社とは違って、旧薬院村の氏神様は閑かな佇まいだ。小烏神社という名前はあまり耳にしないが、ご祭神は建角身神《たけつぬみのかみ》。神武天皇の東征の折り、皇軍を大和に導いたという「八咫烏《やたがらす》」だ。ということは、元は熊野修験が関わっていたのだろう。宝満山伏の春の峰入りの札所になっている。古小烏の次の電停の近くに住む叔父を「天狗松のおじさん」と言っていたが、その近くの小高い丘を桜ヶ峯と言い、ここの桜ヶ峯神社（福岡市中央区桜坂二丁目）は、江戸時代は宝満派山伏の教泉坊が守っていた。

そして三日目に筥崎宮にお詣りした。筥崎宮は櫛田神社や小烏神社よりも広いだけに、大勢のお参りの人、破魔矢など正月の縁起物を持った人が、参道いっぱいに行き交う賑わいを驚いて眺めていた。そのころは、太宰府天満宮はまだ遠い遠い存在だった。

（1）ハレとケ。日常を「ケ」と言い、祭りや祝い事など特別な日を「ハレ」と言う。ハレの日に着るので「晴れ着」。

（2）幅三〇センチ、長さ八〇センチほどの枠のついた木箱。
（3）直径一〇センチほどの餅。この餅の大小を重ねて小型の鏡餅とした。

博多雑煮

「博多雑煮」といえば、アゴダシに鰤《ブリ》が定番だと皆が思っている。実際我が家の雑煮もアゴダシに鰤だ。

明治十七（一八八四）年生まれの祖母から姉が習った作り方は、大晦日の夜三升炊きのお釜八分目の水に藁で綴った焼アゴ(1)二提げ（二十匹）と幅広の出し昆布一本を浸け、元日の朝、加熱して沸騰したところへ湯呑一杯の醤油を入れて薪の火を引く。昆布とアゴの出し滓を濾して後、甕に浸しておいた干し椎茸(2)の汁と合わせる、というもの。

鰤は、数日前に市場で売り出された塩鰤一本丸ごとを、日の当たらないお茶室の水屋の軒に吊るしておき、大晦日に切り分ける。煮崩れしないように一切れごと皮付きにする。皮からもよいダシが出るし、吊るされている間に熟成した塩鰤は、独特の旨味成分を醸し出した。しかし現在は、塩鰤にはあまりお目にかからない。我が家では毎年お歳暮にいただく大きな寒鰤一本をさばいて、適当な大きさに切ってから強めに塩をし、半日ほどおいてさっと、湯通ししている。

結婚してはじめての年末には、新郎の実家から嫁の実家に「嫁御鰤《よめごぶり》」が贈られる。新嫁が「よい嫁御ぶり」を発揮してくれて感謝していますという気持ちを表すという博多の風習。夫の実家は佐賀なのだが、ちゃんと博多の風習を聞いて、嫁御鰤を贈ってくれた心遣いを、今更ながら有り難く思う。

我が家の雑煮膳（雑煮、歯固め大根、黒豆、数の子、紅白なます）

餅は丸餅。我が家では水と昆布を入れた鍋で茹でて椀に盛る。餅が椀の底にくっつかないように大根の薄切りを入れる家もある。

その上に載せる雑煮の具は、まず勝男菜《かつおな》。威勢のよい男のように、青々と茹であげるのがコツだ。次に串に、茹でたごぼう・茹でた里芋・塩鰤・焼き豆腐・椎茸の順に刺し準備する。商家では、年始客や親戚縁者、従業員など、大勢の人をまかなうため、一人分ずつこうして串に刺して準備するのだ。堅くて崩れにくいものを、串の両端に刺す。焼豆腐は最近の雑煮にはあまり見られないようで、蒲鉾が入っている場合が多いようだ。蒲鉾を入れると彩りがよいが、我が家は昔ながらで蒲鉾は入れない。実は、諸般の事情で今では焼き豆腐も入れなくなった。

「焼き豆腐を入れるのは我が家だけかしら?」と疑問に思っていたので、西島伊三雄さんが『博多のうわさ』の表紙に「博多ぞうに」の具として描いてある中に、「焼きどうふ」を見つけたときは嬉しかった。思えば、今でこそ簡単に手に入れることができる豆腐だが、昔、加工食品をあまり購入できなかった時代に於いては、自宅で作るには大変手がかかる食品だった。ハレの日に食べるハレ食は、手のかかるものほど上等とされたようだ。今でも椎葉村などに行くと、神楽の日に手づくりの堅い豆腐が出される。この村のハレ食に欠かせないものだという。

昭和四十九(一九七四)年発行の波多江五兵衛さんの『冠婚葬祭　博多のしきたり』には、「博多ぞうにのよさはダシのきいたすまし汁のうまさにあります。コンブ、シイタケ、カツオ節、焼きアゴ(トビウオ)の四つがほどよくミックスした味が身上です。餅のほかに入れる具はカツオ菜、シイタケ、鯛の切り身だけです。ときには里芋、焼き豆腐までは加えることもありますが、あまりゴタゴタと入れると、せっかく苦心したすまし汁の味が変わってしまいます」とある。ここにも焼き豆腐があげられているが、ナント鰤は入れないのだ。

そして、「鶏肉を入れたら油の浮いて食べられんごとなる」、「鰤を入れたら鰤の脂がダシの味を変えるけん入れん」とごりょんさんの言葉として書いている。博多を代表するごりょんさんだった川丈旅館の長尾トリさんも『ごりょんさんの博多料理』に、タイ、アラがメインの具だと記している。料理が得意だった姉も「本当は博多はタイかアラやもんね」と言っていた。

ああ、何だかわからなくなってきた。

そして衝撃が走る。「元禄時代の博多の商家のお雑煮は、味噌仕立てだった」として、七年前、「博多133の会」(3)から聖福寺での元禄博多雑煮の試食会への招待を受けた。

扶桑最初の禅窟聖福寺の書院。果たしてどんな雑煮なのかと興味津々の私たちの前に、朱塗りの椀に盛られたお膳が運ばれる。献立表も用意してある。

博多雑煮　味噌

具数十二品　丸餅　干鮑《ほしあわび》　イリ子　スルメ

椎茸　山イモ　里芋　昆布　牛蒡

大根　干鱈《ほしたら》　カツヲ

○　次魚《つぎざかな》（鰤）切り酢ヲカケ

生姜ヲ卸シカケル

○　ヒラキ豆（大豆）裏白・杠《ゆずりは》を敷キ

元禄博多雑煮の試食会の膳

大豆を煮テ盛ル
○歯固《はがため》（大根）裏白・杠を敷キ
大根を切盛ス

麦味噌仕立ての汁に、ずいぶん贅沢な具材が入っている。具材から出るダシの味も複雑で格別だ。最後にカツヲとあるのは、魚の鰹とも考えられるが、カツオ菜の可能性もあるとして勝男菜にしたという。この復元は、江戸時代の享保年間（一七一六～三六年）に博多商人鶴田自反《じはん》が著した『博多記』に拠ったという。ほぼ同時代の明和二（一七六五）年に黒田藩医の津田元顧・元貫父子が著した『石城志』にも「博多雑煮といへるは」として、ほぼ同じ具材が載せられている。しかし干蚫はなく、カツヲは「鰹」となっている。

註には鰤・塩鯛・京菜は入れないと書いてあり、鰤は雑煮の後に、酢に浸した切り身におろし生姜をかけたものが「次魚」として出された。

椀は飯椀の大きさで高さが低く、いわば吸い物椀の大ぶりのものを用いるとある。また箸は、「くりはい箸」という栗の枝を削った箸だ。餅を挟むのは普通の箸では折れる可能性があり、そうなると「正月早々、縁起が悪い」のであり、また「商売の繰りあいの良くなるごと」という意味があるという。『石城志』には「栗標箸《くりずはへはし》といふ心にや。筑紫にては、すべて太箸をば用ひず、悉く栗はい箸なり」と記してある。

私も、正月には今でも栗はい箸を用いるが、これも段々入手が難しくなってきた。

全国各地様々な雑煮があり、今年の正月もテレビでいろいろと紹介されていたが、同じ町、同じ村でも、時代によって大きく様変わり。またそれぞれの家でも、その地方の基本はあるものの、各家独自の作り方があるものだ。

味噌仕立ての雑煮がいつすまし汁の雑煮に変化したのか、鰤がいつごろから定着したのか、なかなか難しい問題だ。丸餅を茹でて入れることだけが、何百年と変わらない唯一の伝統なのだろうか。因みに黒田家の本貫地備前福岡はすまし汁の雑煮ということだ。

（1）アゴとは飛魚のこと。正月近くになると、頭と尻尾を藁で綴った焼きアゴが売り出される。

一連は十匹。しかし、便利なパッケージができた現在では、あまり見られなくなった。
（2）椎茸は雑煮の具として使う数、水につけておく。
（3）博多の古い町の数が一三三であることと、現在の住持の白峰宗慧老師が一三三世であることから名づけられた。

正月料理

おせち料理といえば、重箱に彩りよく詰められた様々なおかずを思い浮かべる。現在では料理屋やデパート、コンビニまで参加しておせち商戦も華々しい。若いころは子どもたちと、寒天や栗金団《くりきんとん》、紅白ナマス、がめ煮などを手づくりしていた我が家も、段々めんどくさくなり、ここ何年かは仕出しのおせちを注文するようになった。ただ、手づくりしていたころの楽しい記憶があるのか、東京の娘は子どもたちと毎年豪華なおせち料理を作っているようで、その作品をＳＮＳにあげたりして、親としては密かに喜んでいる次第。

昔の我が家は、それほど贅沢なものを作っていただろうか。

今、一番に思い浮かぶのは、ユズリハの上に、五ミリくらいの厚さの半月切りにした生大根と、数の子と黒豆を盛った一皿だ。「生の大根やら食べきらん！（生の大根なんて食べることはできません）」。それでも「大根は絶対食べらないかん。餅のこなれん（大根はぜったい食べなきゃダメ。〔食べないと〕お餅が消化できないから）」と無理矢理食べさせられる。おかげで、数の子にも黒豆にもなかなか箸がすすまない。

これが「歯固《はがた》め」だったと知り、生の大根も数の子も、黒豆も美味しくいただけるようになったのは、太宰府の仕事で古代食復元や太宰府天満宮の古式神饌の復元に携わってからだった。歯固めは、元日に歯の根を固めて、一年中健康であることを祈念して、大根、串柿、押鮎、干し肉、昆布、スルメなど固いものを食べることを言う。平安時代以来、長寿を祝って宮中で行われたことが『源氏物語』や『枕草子』にも見えており、それが一般に広まったものだ。地方により食するものは様々だが、大根だけは共通しているという。

聖福寺でいただいた江戸時代の雑煮の膳にも、生大根を拍子木切りした「歯固め」があった。そこで、これは大事な博多の伝統なのだと知る。我が家の大根は半月切りだったが、太宰府市北谷の宮座の折り、〝当渡し〟(1)の際にも半月切りの生大根が出される。生の大根は儀式の中で重要な意味を持つものらしい。

我が家の歯固めの皿には黒豆の煮たのが盛ってあったが、これは博多古来では「ひらき豆」。聖福寺の膳の煮大豆にあたるものだろう。また数の子は取りあえず「固いもの」と言えるだろう。

おせち料理でメインは〝お煮染《にし》め〟。当今は〝がめ煮〟のことを〝お煮染め〟と思っている人も多いようだが、お煮染めとがめ煮は違う。お煮染めは蓮根・里芋・人参などの根菜類、筍などの形のよい部分だけを同じ大きさ形に切り揃え、それぞれを、醤油とミリンを基本にした別々の味付けをした出し汁で煮含めたもの。これに甘辛く煮た椎茸、椎茸よりは薄い煮汁で煮た姿海老、彩りとして生の蒲鉾、青味として絹さやなど緑の野菜を皿に盛りつける。かなり手の込んだ上等の料理なのである。

野菜の形のよいところだけを採るため、切れっ端が残る。こうしたものを乱切りにしてコンニャク、鶏肉などとともに煮込んだものが、がめ煮である。「がめ煮」の語源について、昔、博多湾ではガメ（亀）が獲れ、それをいろんな野菜と煮たものなので「ガメ煮」と言うのだ、などという説を言う人もいるが、「博多ンモンはだーれもソゲナことは言いまっせんバイ。何でもかんでも、がめくり込む（寄せ集める）ごと入れるケン、がめ煮タイ」。

なぜ鶏肉かというと、福岡藩は財源確保のため鶏を飼うことを奨励した。江戸や大坂に特産品として大量の卵を輸出するようになり、「鶏卵仕組＝玉子仕組」という事業が推進されるようになった。そして実は廃鶏を利用して「水炊き」という博多を代表する料理もできたし、宗像地方ではカシワのすき焼きなどがハレ食として作られた。だから鶏肉はとても手に入りやすい食材なのだ。

そういえば、古くから博多を代表する菓子〝鶏卵素麺〟は卵の黄身だけで作るし、〝鶴乃子〟は、鶏卵素麺を作ったあとに残る白身の活用のため考案された菓子だ。博多名物〝二〇加煎餅《にわかせんべい》〟は草加煎餅などと違い、卵と小麦が主原料。〝千鳥饅頭〟や〝ひよ子〟、〝博多通りもん〟も、みんな卵を使っている。

ちょっと話がそれてしまったが、要するにがめ煮は、切れっ端など、今なら捨ててしまいそうな食材も一切無駄にせず活用して美味しいもう一品を作るという、博多の人の知恵から発している。クズだけで足りない分は新しい野菜を足している。お盆や法事などによく食べた〝ダブ〟は、野菜の切れっ端を小さく刻んで具にした葛引きのすまし汁。これも何一つ無駄にしない、しかも美味しい生活の知恵だ。

三日もすれば、雑煮やおせちにも飽きてくる。雑煮は三日まで、四日朝は〝福入り雑炊〟だ。今思えば、これも博多の人の始末の良さだ。つまり、食べ残った雑煮の汁や具、餅を冷やご飯に入れた雑炊だ。そもそも雑煮は美味しい。正月の間、夕食でお茶漬けなどして食べたご飯のあまりも、とても美味しい料理にリメイク。四日の朝はとても楽しみだった。

七日は七草。全国的には〝七草がゆ〟で、春の七草の入った御粥を食べる。「正月のご馳走に疲れた胃腸を休め、その年の健康を願うもの」と言われるが、博多に限らず、近隣の地域でも七草がゆは食べない。〝七草汁〟だ。つまり味噌汁に七草の入ったものを食べる。我が家では七草と消化を助けるためというコンニャクのちぎったものを入れる。正月から六日までは「麴断ち」と言って、味噌は食べてはならなかった。なぜだか理由はわからないが、七日の朝に七草の味噌汁を食べるときは何だかホッとする。最近、博多を語る会のアンケートには麴断ちは十二月二十三日とあった。そうだよね。一日だけならなんとか。我が家が特殊だったのだろうか。

七草は六日の夜に茹でて、まな板の上に載せ、一家の主である父が恵方に向かって、包丁とシャモジを持って、

唐土《とうど》の鳥と　日本の鳥が　渡らぬ先に　たたき菜（七草）叩《たた》こ

と歌いながら、トントン、トントンと包丁とシャモジを交互に動かして、七草がみじんになるまで叩いた。

鏡餅を下ろす「お鏡開き」は十一日。鏡餅を切って小豆雑煮にする家、だんだら粥[2]を作る家が多かったようだが、我が家は小豆は使わず、鏡餅の上に置いてあった「お年玉」を食べる行事だったように記憶する。つまり「お年玉」には米と昆布・スルメが小さく切って入っている。我が家では鏡餅や注連飾りをいくつも飾ったので、かなりの量の米と昆布・スルメが集まった。これで御粥を炊いて、炊き上がりに切り分けた鏡餅の一部を入れ、塩で味を整えたもの。消化のために大根と人参の紅白ナマスと漬物がついていた。昆布とスルメからダシが出るので、ほのかであっさりしていて、これはこれで美味しかった。

これで、いよいよ正月は終わりだ。

あっ、そうそう。橙はどうなったのか。

冬場には、やたらと鰯のチリが多かった。白菜と豆腐と鰯だけを鍋に入れて水炊きし、醤油に橙をしぼり入れたタレで食べるのだ。この時期の鰯はとてもアブラがのって美味しいのだが、小骨の多い鰯は子どもには厄介だ。おまけに白菜と豆腐だけではアッサリしすぎてて。その上砂糖も入ってない酸っぱいタレでは、これも子どもの口には合わない。ということで、これが出ると「はあ」と溜め息をつきたくなったが、今は鰯も貴重。アブラののった鰯に、あっさりした白菜、豆腐の取り合わせは、絶妙だと思う。橙まで始末して、お鏡に飾ったものを何一つ無駄にしない。本当に昔の人の知恵は素晴らしい。

（1）宮座の当番を次年度の当番に引き継ぐ儀式。
（2）小豆ご飯を炊き、炊き上がるとすぐ鏡餅の切り分けたものを小豆ご飯の上に載せ、蒸らして、餅がとけるほどまでになると、茶碗に盛る。

カバー絵に寄せて

もし私が博多の本を書いたときには、その本はぜひ西島伊三雄さんの絵で包みたいと、ずっと思ってきた。それは、著名なグラフィックデザイナー西島伊三雄さんが、博多を代表する博多人だったからというだけではない。

今回カバーに使わせていただいた絵は、ずいぶん以前に西島伊三雄さんの個展でふと目にした「万四郎さま夏祭り」という画題に引かれ求めていたものだ。色彩ゆたかな可愛らしい童画や、山笠や松囃子など博多の祭の光景を描いた絵をイメージしている人には、ペン画という作品は、西島伊三雄さんの絵にしてはめずらしい手法だと驚かれる方も多いだろうし、もっと西島さんらしいのを使えばと思われる方もあるかもしれない。でも、私がこの絵にしたかったのには、理由があるのだ。

万四郎神社は、中浜口町（博多区下呉服町）にある。寛文七（一六六七）年、幕府の鎖国政策に反して朝鮮と密貿易を行った咎《とが》により、一族もろとも処刑された博多商人伊藤小左衛門の幼い二人の兄弟、小四郎と萬之助の死を悼んだ人々が、その霊を祀った神社だと伝えられている。

私の通った奈良屋小学校とは大博通りを挟んですぐのところであり、近くに小学校の担任白石先生のお宅もあったので、昔はよく来ていたものだ。

そんなことより、私にとっての一大事は、この神社の幟の一字を書かせていただいたことだ。たしか「万四郎さま」「子どもの神さま」という二本の幟が新調されることになったのだと思う。父が櫛田神社の幟も揮毫していることから、その度も依頼が来たものと推測するが、父は「子どもの神様じゃから、子どもに書かせるのがヨカ」と、一字ずつを子どもに書かせたのだ。私は何と最初の「万」の字。「そげな大きな筆で、字やら書ききらん」と尻込みする私に、「一字だけやケン。神様に上げる字やケン、一生懸命書きゃあ上手やら下手やらナカト」と父。しぶしぶ大きな紙に向かい、大きな筆で一生懸命力を込めたが、力が入りすぎて「万」の字の払いが紙からバリ出てしまった。父はニコニコしながら「元気でヨカヨカ」と誉めてくれた。実は私は、奈良屋小学校の裏門にあった松尾文具店の奥で開かれていた習字教室にずいぶん通ったのだったが、ちっとも級が上がらずという状態。先生からも「お父さんはあげん上手いとにナシテ?」と言われる始末。

最近、何十年ぶりかに万四郎さまに行ってみた。鳥居の横の「萬四郎神社」の石柱は、福岡市長なども務めた、福岡の財界人で文化人でもあった河内卯兵衛さんが揮毫したものらしい。裏には「博多人　河内卯兵衛」の名があり、昭和三十一年十一月、伊藤小左衛門の一家一門を祀るために再建した由、刻されている。また、石の門柱の片側には「博多繁盛」、もう一方には「子供息災」と書かれ、裏には「昭和三十二年三月」と「萬四郎神社再建奉賛会」と記されている。そうだったのか、私たちが書いた幟は再建された真新しい神社境内に高く掲げられたものだったのかと、初めて知る驚きと、大変光栄なことだったのだという想いが駆け巡る。

小さな境内、小さな社ではあるけれど、博多の繁盛と子どもたちの息災を祈る博多の人々の想いがしっかり詰まったスポットだ。そして、私たち子どもの息災を心から願った父の心にあらためて想いを馳せる場所でもあるのだ。

万四郎神社

　というわけで、この絵をカバーにできることは密かな喜びでもあるが、もう一つ、私と西島伊三雄さんは浅からぬ縁があることも、語っておきたい。

　西島さんと初めて出逢ったのは昭和五十六年、太宰府天満宮で絵本『てんじんさま』が企画され、西島伊三雄さんの絵につける文章を担当したことに

西島伊三雄氏（アトリエ童画提供）

よる。当時、太宰府天満宮文化研究所に勤めていた私は、天満宮の人から秀巧社に行くように言われ、渡辺通の秀巧社ビルに行った。ビルに足を踏み入れた途端、吹き抜けの二階の方から、ビル中に響き渡るようなガラガラ声が聞こえてきた。内容からどうも「てんじんさま」のことを話しているらしい。声に引かれるままに二階に上がると、髪も真っ黒で、思ってたより若々しい先生が秀巧社の人と打合せ中だった。私の素性はすでにご存じらしく、昔からの知り合いのように招き入れ、博多弁でまくし立てられた。もうすでに各場面割りも絵も完成していて、文章をつけるだけなのだが、この本をつくる想いとか、いろいろな希望を言われ、ただ「はい、はい」とニコニコ拝聴した。

西島さんは、できあがった文章をとても気に入ってくださったらしい。それからは、博多人形の新作コンクールの審査員とか事あるごとにお誘いいただいた。九州電力会長の瓦林潔氏と西島伊三雄さんと若輩の私とでの新春鼎談など、まあよくも引き受けたと思うが、その時、瓦林さんの秘書だったという鎌田迪貞《みちさだ》氏には、その後もいろいろと御縁があり、文化的会合にはよくお声かけくださる。

西島さんのお声がけで入会させていただいた、電電公社（現ＮＴＴ）と福岡の文化人の集まり〝てるくらぶ〟は楽しい会だった。西日本新聞社の青木秀さんや職業女性のパイオニア的存在の緒方世喜子さん、小川知事のご両親ご夫妻、いろんな方とお知り合いになり、それぞれの深いお人柄に触れ、得がたい経験をさせていただいた。会の後にはよく西島さんに二次会に誘われ、スナックに行っては、西島さんの大好きな小学唱歌を一緒に歌ったり、時には作り踊り（即興の踊り）に付き合わされたり、老松《おいまつ》で芸者遊びも体験させてもらった。

　いつも自然体で、決して自分をよく見せようとか、人を押しのけてまで何かしようとか、そんなそぶりは全然ない。いつも周りには自然に人が集まってきて、大変な賑わいようだ。私には「やっぱ、ホンナ博多の人はヨカばい」といつも言ってくれた。全くノリが一緒で、言われることにぱっと反応して、躊躇なく一緒に楽しめる。羽目もはずせる。もしかしたら、太宰府では決して見せることができない私の表情だったかもしれない。

　そんな西島伊三雄さんの展覧会を、太宰府市文化ふれあい館でさせてもらったことがある。自然の中で遊ぶなつかしい子どもの情景。本当にこうした心根を持ち続けた人だったからこそ生まれた作品の数々だ。会期中のトークショーも面白く、多くの人を惹きつけた。

　太宰府南小学校のＰＴＡが卒業記念として、西島伊三雄さんに絵をお願いしたこともある。南小学校区の高雄からは、富士山を思わせるような宝満山の秀麗な姿を望むことができ、麓には宝満川が流れ、田圃が広がっている。西島さんは何日もスケッチに通い、雄大な宝満山の前で遊ぶ子どもたちの情景を描いた。この絵は太宰府南小学校の体育館に掲げられていたが、絵を掲げる環境としては劣悪。温湿度や日光の管理もしてなく、体育の最中にボールが当たることもしょっちゅう。ついに絵の具が剝げ、傷ができ取り外されることになってしまった。残念で悲しくてたまらなかったが、市には修復する予算がないと。それが、有志の方のお陰で、令和三年に元の姿を取り戻すことができた。そして、これからも永く子どもたちを見守ることになって本当にホッとした。もちろん「体育館で」ではない。

令和四年九月、福岡アジア美術館の交流ギャラリーとあじびホールで、「福岡市名誉市民　西島伊三雄生誕一〇〇年記念」と銘打った「昭和あの頃展」が、ご子息雅幸さんの並々ならぬ肝煎りで開催された。「講演」と「伝統芸能」ステージでは、寺田蝶美さんが指導された子どもたちが筑前琵琶を披露し、博多町人文化連盟の人々が博多の古謡や踊り、そして、このほど博多仁和加振興会の会長に就任された西島雅幸さんの博多にわかが披露された。

筑前琵琶を奏でる子どもたちは、バチ捌きも唄もしっかりしていて、博多の伝統芸能の未来に明るいものを感じた。伊三雄さんがたちあげられた「博多町人文化連盟」は跡を雅幸さんが継がれ、伊三雄さんの時と同じように和気藹々、楽しく芸を披露された。「うちのおやじが」と語られる雅幸さんの、父伊三雄さんの生涯やその作品についての講演も、飾りっ気なくとても楽しく聞け、会場は笑いに包まれた。最後には感極まって泣きそうになるのも、その想いの深さが感じられ、この人はきっとお父さん同様、博多を盛り上げていかれるのだろうと頼もしく感じた。

福岡市名誉市民となられたのは亡くなられた後だったが、西島さんとともに博多の町を盛り上げておられた、博多人形店「はくせん」の下澤轍さんもその時一緒に名誉市民になられた。お二人の逝去を心から淋しく思っていた私にとって、とても嬉しいことだった。その時一緒に名誉市民になられたのは、王貞治さんとやわらちゃん（田村亮子さん）。こんなビッグな人たちと並び称されるお二人が、いかに博多のために尽くされたかということに改めて想いを致した。

西島伊三雄さんの様々なジャンルにわたる画業は、会場所狭しと展示されていたが、本当に凄い業績。仕事も多様ならデザインも多彩。一目で「西島伊三雄さん」とわかる画風は確立されているのだが、そうでないものも多々あって、大変興味深かった。

これだけ並んでいる様々な作品の中でも、やはりペン画はわずかだった。その貴重なペン画の「万四郎さま夏祭り」を改めて見ると、万四郎さまの境内で遊んでいるのは、幼かったころの私と弟に見えてきた。弟は万四郎さまの幟のどの字を書いたのだろう。低学年だったので、たしかひらがな。「さ」の字だったと思う。

その弟が令和二年四月八日、花祭りの日に私よりも先にみ仏のもとに逝った。

私が懐かしい博多のことを綴ったのは、弟へのレクイエムなのかもしれない。

令和五年九月

森　弘子

参考文献

津田元顧・津田元貫『石城志』一七六五年（檜垣元吉監修・九州公論社発行一九七七年）
山崎宗雄（藤四郎）『追懐松山遺事』明治四十三（一九一〇）年
小田部博美『博多風土記』「博多風土記」刊行会　昭和四十四（一九六九）年
博多まつばやし保存会『博多松ばやし』昭和四十七（一九七二）年
江頭光『博多歳時記　新がめ煮』西日本新聞社　一九七三年
波多江五兵衛『冠婚葬祭・博多のしきたり』西日本新聞社　一九七四年
博多祇園山笠振興会『博多山笠記録』博多祇園山笠振興会　昭和五十（一九七五）年
『福岡県百科事典』上・下　西日本新聞社　一九八二年
井上精三『福岡町名散歩』葦書房　一九八三年
楠喜久枝『福岡県の郷上料理』同文書院　一九八四年
井上精三『どんたく・山笠・放生会』葦書房　昭和五十九（一九八四）年
波多江五兵衛他「博多こぼれ話・博多町人気質いろいろ」『ふるさと歴史シリーズ・博多に強くなろう№42』西日本シティー銀行　昭和六十二（一九八七）年
『奈良屋小学校創立百周年記念誌』福岡市立奈良屋小学校創立百周年記念事業実行委員会　一九九七年
虎屋文庫『和菓子第九号』黒川光博　平成十四（二〇〇二）年
森弘子「奥村玉蘭――西都への想い　絵馬堂と聖堂と」『天神さまと二十五人』（財）太宰府顕彰会　二〇〇二年

西村明編『福岡空襲死者の祭り――集う、悼む、伝える』九州大学文学部人間科学科　比較宗教学研究室　二〇〇五年
保坂晃孝『おっしょい！山笠　石橋清助聞書』西日本新聞社　二〇〇七年
山名美和子『ういろう物語』新人物往来社　二〇一〇年
福岡市民の祭り振興会50周年記念委員会『福岡市民の祭り50周年史』福岡市民の祭り振興会　平成二十三（二〇一一）年
西日本新聞社・福岡市博物館『博多祇園山笠大全』西日本新聞社　二〇一三年
加藤和雄「半生の記録」『新修福岡市史民俗編ひとと人々』福岡市　平成二十七（二〇一五）年
森弘子「中西かめ子の嫁入り」『新修福岡市史民俗編ひとと人々』福岡市　平成二十七（二〇一五）年
博多祇園山笠西流編纂委員会『博多祇園山笠西流五十周年史』平成二十八（二〇一六）年
佐々木哲哉『福岡祭事考説』海鳥社　二〇一七年
福岡市教育委員会『博多松ばやし調査報告書』福岡市（文化財保護課）二〇一八年
福田千鶴「福博ヒストリア　黒田家の献上品」西日本新聞　平成三十（二〇一八）年
竹川克幸「近世筑前福岡藩領内の鶏肉・鶏卵の食文化誌」『宗像市史研究』創刊号　新修宗像市史編集委員会　二〇一八年
小松政夫『ひょうげもん――コメディアン奮戦！』さくら舎　二〇一九年
福岡市史編集委員会『わたしたちの福岡市――歴史とくらし』福岡市　二〇二一年

お世話になった方（敬称略）

石村萬盛堂、石村善治、石村善博、石村有希、石村鸞子、牛嶋英俊、江上博和、大岡良明、海元寺、加藤和雄、河口綾香、河邊英一、城門正一郎、櫛田神社、古賀博子、立石武泰、長野ヒデ子、中村信喬、西島雅幸、西頭敬一郎、竹川克幸、博多を語る会の皆さん、福本潔、光安伸之、妙楽寺、山田広明

＊なお、99ページの写真は、「大黒流総合サイト」にあったもので、櫛田神社フォトコンテストに応募されたものということですが、五十五年経った今となっては、どなたに撮っていただいたものかわかりません。父が目の前に甦るような写真で、ぜひ掲載させていただきたく、本来撮影者に許可を得るべきですが、私の責任で掲載させていただきました。お心あたりの方はご一報くださると幸いです。

森弘子（もり・ひろこ）
1946年、博多銘菓鶴乃子本舗石村萬盛堂２代目石村善右の二女として生まれる。京都女子大学卒業と同時に太宰府天満宮文化研究所に奉職。福岡県、福岡市など県下自治体の文化財保護審議会委員として、主に民俗文化財の調査研究・保護に携わる。2013年「社会教育功労者」として、2017年「地域文化功労者」として文部科学大臣表彰を受ける。『宝満山歴史散歩』『祈りの山宝満山』『太宰府発見』『さいふまいり』『大宰府と万葉の歌』などの著書のほか、九州国立博物館、福岡市などで、まつり・行事の記録映像の制作にかかわり監修を務めている。

博多《はかた》のくらし

■

2023年10月1日

■

著者　森弘子
発行者　杉本雅子
発行所　有限会社海鳥社
〒812-0023 福岡市博多区奈良屋町13番4号
電話092（272）0120 FAX092（272）0121
http://www.kaichosha-f.co.jp
印刷・製本 九州コンピュータ印刷
［定価は表紙カバーに表示］
ISBN 978-4-86656-152-3